人间草木

王华琪 著

王华琪散文

浙江文艺出版社
Zhejiang Literature & Art Publishing House

图书在版编目(CIP)数据

人间草木:王华琪散文 / 王华琪著. —杭州:浙江文艺出版社,2021.2
ISBN 978-7-5339-6366-8

Ⅰ.①人… Ⅱ.①王… Ⅲ.①散文集—中国—当代 Ⅳ.①I267

中国版本图书馆CIP数据核字(2020)第268208号

责任编辑　童潇骁
责任校对　许红梅
责任印制　吴春娟
装帧设计　吴　瑕
营销编辑　赵颖萱

人间草木:王华琪散文

王华琪　著

出版发行　浙江文艺出版社
地　　址　杭州市体育场路347号
邮　　编　310006
电　　话　0571-85176953(总编办)
　　　　　0571-85152727(市场部)
制　　版　杭州天一图文制作有限公司
印　　刷　杭州富春印务有限公司
开　　本　880毫米×1230毫米　1/32
字　　数　142千字
印　　张　7.25
插　　页　2
版　　次　2021年2月第1版
印　　次　2021年2月第1次印刷
书　　号　ISBN 978-7-5339-6366-8
定　　价　35.00元

版权所有　侵权必究
(如有印装质量问题,影响阅读,请与市场部联系调换)

序

洪治纲

董桥说,文字是肉做的。真正的文字,总是发乎情,流于思,是从生命里渗透出来的,犹如河蚌,滴泪成珠。读这样的文字,就像两三好友,围炉夜语,海阔天空,虽不一定有深刻的哲思,但分享的愉悦却是妙不可言。

读王华琪的文章,我便有这种感受。他的文字,轻快晓畅,随性而发,虽未见纵论天下之雄心,亦不觉顾影自怜之感伤,字里行间,渗透了一个文人的诗意情怀,也洋溢着作者的人生智慧。见微知著之中,处处彰显其难能可贵的"初心",宛若雨后空山,清新异常。

不忘初心,方得始终。初心是真性情,也是真赤子。一个热爱文字的人,守住初心,便守住了自己的灵魂,守住了精神的小园地,也守住了文章的纯净。文贵乎真,失去了真诚,自然也就失去了文字应有的魅力。

无奈的是,红尘滚滚,太多的人常常深陷功名之焦虑,饱受利禄之诱惑,以至于初心渐失,谋术附身。即使偶作文字,这类人也多半是言工辞巧,别有卖弄。以我的阅读经历,此类文字并不少见。但王华琪的文字,却明确地拒绝这种俗世之气,看似不为,实为不屑。读他的文章,我每每看到他那骨子里的文人气息,敏捷、赤诚、多思、善感,悠然看事,从容论人,不弃"初心"。

拥有一颗"初心",其实也便拥有了一种从容而独特的写作姿态:为内心的自由,为无序的思想,为灵魂的独语,为存在的诘问。这是一种背对现实、面向自我的写作,也是一种自省自足、力避喧哗的写作。收录在这本文集中的篇章,均是如此。它们篇幅短小,一律着眼于微观生活,或由古及今,或由物及人,或从乡村到城市,或从景象到时节,娓娓道来,饶有意味。

在王华琪看来,"人生不能总是在阳光下昂奋地奔跑,还需要能在月光下漫步的机会;不能总是在晴天下忙碌,还需要有这么个雨天放空自我"(《夏至雨》)。这恰如王小波所言:"一个人只拥有此生此世是不够的,他还应该拥有诗意的世界。"以我之见,所谓"诗意的世界",并不都是那些幻想的世界,不染人间烟火的彼岸,它同样渗透在我们的日常生活里,成为我们对抗现实的一种重要手段,像月下漫步、临窗听雨,都是心灵漫游的绝妙方式。王华琪所渴慕的,也许正是这样一种人生境界。所以,他特别希望生活能够不时地"慢"下来,在"慢"中"学会用双眼端详一粒种子的发芽、一个蚕蛹的蜕变、一朵鲜花的绽放;学会用双耳聆听鸟鸣的唧啾、花草的瓣颤、清风的呼吸;学会用双足双手去丈量菜花金黄的田埂,去触碰田野里沉甸甸的麦穗……"(《声声慢》)。对于人生而言,这样的"慢",其实已不是一种生活姿态,而是一种生存哲学,因为它承载了生命内在的超然与自足。

事实上,收录在这本集中的文字,大多体现了王华琪对诗意世界的不自觉的向往、临摹和建构。譬如,面对门前村后到处都是的车前草,他从"采采芣苢,薄言采之;采采芣苢,薄言有之"说起,再到欧阳修和韩愈之诗句,旁征博引之中,展示了一种平凡而又超然的生命伦理(《采一株车前草》);行走在深寂的冬天,他却饱含生命的情致,徜徉在冬天的树与水之间,回味着心灵的空阔与寂寥,感受到"冬天的故事很苍茫,但不苍白"(《冬天的故事》);他写故乡村落的旧景,从石屋到小巷,让记忆不时地流淌出无数的宁静与纯朴,以映衬现代文明对诗意生存的消解(《古村、老房子及其他》)。读这些文字,我们仿佛看到作者远离尘嚣的姿态,也可以领略到他那回归本原的"初心"。

这种"初心",尤为突出地体现在他对时节的迷恋性表达上。或许是久居都市,模糊了人与自然的关系,王华琪对时节的更替才变得特别敏感。譬如,他对秋天就有着特别的迷恋。《秋日读〈秋日〉》《在杭州,请在秋天叫醒我》《秋风鲈鱼催人归》等,都是抒写秋的感受,并从秋的沉静中寻思人生的况味。在那里,里尔克的诗、琦君的文、钱塘的莼菜鲈鱼,乃至杭州的一叶一花,都会成为他体察人生的窗口,并最终"咏叹出一个季节的旖旎"(《在杭州,请在秋天叫醒我》)。同样,他对江南的雨也有着别样的钟情。《春夜,一场江南雨》《夏至雨》《最美人间五月天》等,都或多或少地沉浸在江南的雨季里,要么怀想,要么沉思,甚至希望时空能够穿越,"邀请一穗宋朝的灯花,来照亮在自己寂寞的夜空"。

事实上,无论是追忆儿时的成长,还是品味心中的典籍,无论是直面当今的教育,还是旁观时尚的文化,王华琪总是从容淡定,徐徐道来,一如琦君的散文,"素手掸红尘,静心观世俗",求的不是豪言壮语,而是赤子的心志与情怀。他常常沉浸在那些微不足道的日常生活里,并从这些日常生活的皱褶里发现意想不到的光泽——就像一个关注内心生活的人,穿行在世俗的伦理中,总希望能够不时地仰望星空,使生活成为一种审美的存在。

如果要上升到理论的高度,这种写作,实质上就是所谓的"日常生活审美化"。尽管人们对这个话题有不同的理解,但我以为,它的核心指向,应该是将审美的、诗意的态度引入俗世的现实生活,让我们的日常生活负载更多的艺术品性,并致力于让美学向日常现实领域延伸与播撒。真正的日常生活,不只是简单的形而下的生存,它还应该包含审美的诗意的存在。这些"彼岸"的存在,对于大多数人来说,可以忽略不计,然而对于那些关注内心质量的人来说,却是须臾而不可离。

倘若用这种理论来认真地审视一些创作,我的感受是,很多江南的文人都可能是这方面的实践者。——不用往远处搜寻,看看张岱的《陶庵梦忆》和《西湖梦寻》,就可以想象江南的才子们对"日常生活审美化"的孜孜以求。在那里,作者可以从每一个日常生活细节中,品味到美妙的人生意趣。如果再读读李渔的《闲情偶寄》,尤其是其中的"饮馔部""居室部""种植部",我们可以认定,李渔几乎就是一个行为艺术家,他将日常生活的每个细节,都上升到了审美的高度。细品王华琪的文字,说实在的,确有几分旧时江南文人的这种底色,也不乏某种"日常生活审美化"的冲动。

这种审美化的冲动,固然会受到某些地域文化的浸润,但更重要的,还是作者恪守初心,从不舍弃一个文人对情怀和理想的抚摸。古人云:"绿阴生昼静,孤花表春余。"现代化的都市,总是戴着欲望的面具四处招摇,但对于王华琪来说,在内心深处留着"春余"的底色,也算是人生拥有了一种别样的快意。

目 录

渔民、父亲、我

鳌龙鱼灯 / 002
家乡的石头屋 / 009
解放塘与赶小海 / 013
梦里叶落知多少 / 017
母亲的菜地 / 021
贫瘠的记忆 / 024
沙滩、妈祖庙和鱼灯 / 028
舢板 / 033
摔泥巴 / 038
渔民、父亲、我 / 041

夏夜里，那一穗宋朝的灯花

人生百岁，苍茫如烟	/046
采一株车前草	/050
究竟还有哪些事要我们原谅	
——读木心的《杰克逊高地》	/054
那一夜的失眠	/060
秋日读《秋日》	/063
声声慢	
——读木心诗歌《从前慢》	/070
素手掸红尘，静心观世俗	
——读琦君散文集《素心笺》	/074
细雨湿流光，芳草年年与恨长	/079
夏夜里，那一穗宋朝的灯花	/083
印象从文（一）	/085
印象从文（二）	/089

从白堤上走过的往事

从白堤上走过的往事	/ 096
挂在青天是我心	/ 100
洪春桥畔说戴进	/ 105
马岭山房	/ 112
爬乌石峰	/ 117
沏一杯荷香茶韵	/ 120
清照杭州（一）	/ 125
清照杭州（二）	/ 129
俟我乎巷兮	/ 133
云在青天水在瓶	
——献给已逝者和将逝者	/ 137

秋风鲈鱼催人归

处暑开花不见花	/ 142
春夜,一场江南雨	/ 146
冬天的故事	/ 149
桂花雨	/ 152
杭州的秋天	/ 156
秋风鲈鱼催人归	/ 160
夏至雨	/ 166
在杭州,请在秋天叫醒我	/ 168
最美人间五月天	/ 172

一个人，一座城市

5·12 的祭奠	/ 176
古村、老房子及其他	/ 179
行走姑苏	/ 187
记卡尔曼老头	/ 191
旅欧小记	/ 195
台州式的硬气	/ 201
太平杂记	/ 206
一个人，一座城市	/ 209
走近阴山	/ 213

渔民、父亲、我

渔港边是父亲的坟墓,那是在父亲去世时,我执意要选的地方,父亲就这样长眠在大海边,孤独而桀骜地看着潮起潮落。

鳌龙鱼灯

我每年都回小镇坎门陪老母亲过春节,看到的都是故乡关乎过年的老风景、旧习俗。

世事沧桑,老风景也有了新气象,旧习俗也有了新面貌。随着年岁增长,心境变化,这些老风景、旧习俗就泛黄成了一张张值得珍藏的年画,层层叠叠,积压如山,编织成了一条条绵长的丝线,纠纠缠缠,绵绕如茧,成了剪不断、理还乱的乡土情结。

家边上有一座玄天上帝庙,供奉的是玄天上帝,又称"真武大帝",为统理北方之道教大神。北方在五行之中属水,玄天上帝能统领所有水族与水上事物,故称水神或海神。四百多年前,坎门西台渔民祖上从福建东山岛迁徙而来,承闽南香火而建了玄天上帝庙,也带来了独具特色的鳌龙鱼灯。四百多年庙址未变,鳌龙鱼灯舞的习俗也未变。清光绪年间编纂的《玉环厅志·风俗志》记载元宵节庆习俗的文字中关于鳌龙鱼灯有这样的描述:"……制兽鱼鳞各种花灯入人家串演戏阵……环观如堵……"鳌龙鱼灯以前后台的玄天上帝庙为据点,热热闹闹地舞了四百多年,但前后台的鱼灯也有区别,前台舞鱼灯者是男孩,后台舞鱼灯者是女孩——没有原因,只是习俗。

龙头鱼身的鳌龙也称鳌鱼。《汉书》有注:"鱼龙者,为舍利之兽,先戏于庭极,毕,乃入殿前激水,化为比目鱼,跳跃漱水,作雾障日,毕,化成黄龙八丈,出水敖戏于庭,炫耀日光。"自然界并不存在这类龙头鱼身的鳌龙物种,鳌龙形象是民间创造的精神产物,但它在渔家想象中却是万鱼之首,是护卫水族、共生于大海的鱼王化身。渔家坚信,这万鱼之首会有一天要化为巨龙,腾飞上天。我想,这应该是漂泊于茫茫沧海的渔民仰俯于天海时最单一、最真挚的想象了!

此外,民间早有赞誉强者、胜利者"独占鳌头"的说法:谁立足鳌头,谁就是第一名,就是强者。鳌龙也由此有了与生俱来的王者之气,鳌鱼想象也就体现出了渔民敢闯敢拼、争强好胜的搏海精神。

敬畏鳌龙,敬畏大海,争占鳌头,驾驭大海——这应该是民间鳌龙舞精气神之所在。坎门渔民世代耕海牧渔,闯海搏浪的生存方式铸就了坚韧顽强的群体性格特征。鳌龙鱼灯舞宣泄了热烈激奋的情绪,张扬了坚韧顽强的性格,激荡了勇猛昂扬的精神。

鳌龙的头部是半球形的，多彩祥云环绕，奇花异草披挂，大红嘴巴夸张，长长下颚前伸，我总觉得是把狮子头形象移植到鳌龙头上，这也是民间艺人的创造，更增加了鳌龙的威武气势，渔家敬畏之情就融于对鳌龙形象的塑造之中。

鳌龙鱼灯除了有鳌龙，还有海豚、黄鱼、鲵鱼、乌贼、海虾等鱼灯。每年民间工艺师都要扎好鱼灯，T字形的木架上用竹篾扎成各种海鱼的形状，外面蒙布上彩，各种鱼类既写实又有所变形，最可爱的当数海豚，圆鼓鼓的，憨态可掬。设计制作鳌龙灯和各种鱼灯，全凭工艺师的经验，外观形象定型、细部线条勾勒、色彩渲染表现，无不展现民间工艺师的艺术创造力和绘画技法的娴熟老练。在塑造不同鱼种形象方面，工艺师巧妙运用变形夸张的艺术手法，凸显出不同鱼种的特征部位，以使外观形象更逼真、更形象。对鱼体背脊、尾巴、鱼翅鱼鳞的细节部位，则以抽象、概括的艺术手法，简化成非规则的象征图案，使其意韵真实到位，又富于装饰艺术效果。工艺师还很有想象力和创造力，把民间常见的花卉和飞禽走兽别出心裁地移植嫁接到龙和鱼身上来，色彩绚烂，热烈喜庆。

所谓画龙点睛，扎好的鱼灯要经过"点睛"的程序，鳌龙鱼灯也传承了"点睛"这一古老传统仪式。经过"点睛"的鳌龙鱼灯，在渔民的潜意识里被视为附着了神灵，而萌生敬畏之感。这种对神灵的敬畏心理，往往在耕海牧渔的渔民身上体现得更鲜明，渔民因为生活的无定，缺乏对命运强有力的把握力，所以寄灵魂于神圣。渔民个个都是泛神论者，神庙是渔民的精神皈依之处，依托于神庙的鳌龙鱼灯也就有了灵魂寄托之意识。在渔民的集体想象思维里，鳌龙舞被预设为在鳌龙神灵的护卫下热烈欢腾神秘的海洋世界。这种思维暗示着渔民对祥和自由丰足的渴求，自然衍生出凝聚人心的内驱力。

从形式来说，鳌龙舞应该就是先民祭海的一种民俗仪式，鳌龙鱼灯舞肢体语言传达的信息、所表明的意念，就是对平安的生存、富足的生活的祈愿。舞蹈粗狂、强劲、高调的整体表现风格，依然保留着激荡的渔猎文化的印迹，这是有别于相对静谧的农耕文化的。

年末，玄天上帝庙开始排练鳌龙鱼灯舞。取龙鱼在海里跃游之动态，惟妙惟肖，鳌龙鱼灯摇头摆尾、招摇于广众的昂扬神态，恰是渔家敢闯敢拼、争强好胜的搏海精神的张扬……鳌龙鱼灯舞由两个队列组成，两队各由龙头带领，后面跟着水族鱼灯。起舞时在吹打乐队伴奏下，两只海豚鱼灯开场亮相，接着是两名举龙珠者引着两条鳌龙出场。整场灯舞主题是"鳌龙抢珠"，龙珠引领龙队，海豚护佑龙珠，两只鳌龙追着龙珠跑动，翻、滚、腾、跃，动作粗犷霸气，水族鱼灯则跟着龙头小碎步移动，舞者手举鱼灯轻轻摆动，模仿鱼类在水中悠游的姿势，交叉回环，鱼贯而行，动作温婉柔和。鳌龙鱼灯的高潮段落，是舞鳌龙者与舞龙珠者席地而卧，在地上翻滚为衔住龙珠做最后的动作，舞龙头者要无视引燃的鞭炮席地翻滚。鳌龙鱼灯舞中的"耍龙珠"一节，别有一番耐人寻味的寓意：舞手以娴熟俏皮的肢体动作挥舞龙珠,逗引鳌龙戏珠。乍看是鳌龙戏珠,实际也是人在戏龙,形象地展示人与龙和谐共处、共欢同乐的美好意境,彰显人神融合共娱的理念,凸显了渔民的乐观、自信,敢与鳌龙共舞,闯荡大海的豪迈气派,彰显的正是渔民无惧恶劣的搏风击浪的勇气。

而水族鱼灯的舞者,多以十几岁的童男童女为主,天真纯粹的孩子们化身为渔民赖以生存的水族,带来了顽皮欢腾的气氛,游戏之中蕴有喜庆吉祥之气象。所有水族围着二龙穿梭翻滚,以示崇拜与鼓舞,围观者会往阵形中抛掷点燃的鞭炮,海豚带头的"水族们"就要捡起鞭炮将其扔出以保护鳌龙,直至龙头衔住龙珠结束。整个场面动人心魄,热闹喜庆的气氛达到极点。

渔民集体创造了鳌龙鱼灯舞,以此来祈祷或庆祝丰收。他们将对大海的情感记忆和生存生活的体验,抽象化为舞蹈肢体语言,使这一原生态的群体舞蹈带上浓厚的海岛文化色彩。如果要问坎门鳌龙鱼灯舞有什么亮点,那就是人、鱼、龙热烈共舞,展现渔家闯海搏浪的自豪与满载归来的酣畅。

关于鳌龙鱼灯还有很多生动的仪式。比如,别的龙灯来报庙,鱼灯要去迎接它,还要有一段对舞,名曰"龙三接"。接来的龙灯要在庙里表演一番,庙里有柱子,所以龙灯要表演"盘龙柱",鳌龙鱼灯舞的舞者要尽情发挥,既要表现出对来客的热情,又要显露自己的各种技能,舞者要用精气神诠释海边人的豪迈。和龙灯队不同,鳌龙鱼灯舞者自信的舞步、鲜艳火辣的着装,更展示了大红大绿的民间彩绘艺术。热烈欢快的民族锣鼓乐和唢呐吹奏乐,与翻、滚、腾、跃的舞蹈紧密结合,更能营造出热烈欢快的气氛,从而紧紧地吸引了观众的眼球。

鳌龙鱼灯年三十开始给各家各户发帖报福祈年,接帖者准备祭品鞭炮。这王者之气的鳌龙,引领"……鳞鱼各种花灯入人家串演戏阵……",送去新年快乐和鱼虾丰收的祝愿,送去富足有余(鱼)的祈福。因而,鳌龙成了渔家吉祥物,所到之处"环观如堵",广受欢迎。家家接鳌龙,户户宴鱼灯,渔家的春节就在鳌龙舞热闹欢悦中度过。

鳌龙舞铿铿锵锵地热烈到元宵。大年十八夜晚,鱼灯就在渔民出海归海的海滩(闽南语叫"岙呐")焚化,名曰"化龙",当晚各家各户不得外出,熄灯噤声。至此,一年一度的鳌龙鱼灯会算是结束。

闽南渔民的大海崇拜和泛神文化催生了这种鳌龙鱼灯舞,它有别于基于农耕文明的龙灯舞,是渔民最原始最朴质的生存表达,是大海崇拜的祭祀仪式,是鱼龙图腾的活化呈现。

现在年味越来越淡,只剩喝酒吃饭。鱼灯舞有的程序和仪式都简单化了,诸如"滚龙珠""盘龙柱"等仪式也因为住宅天井庭院的消失而难以看到了。年三十,我和在社区当书记的同学聊起鳌龙鱼灯,希望能把这个文化遗产好好保护,希望鳌龙鱼灯舞不会成为一代人的记忆……

节日终要过去。离开家乡,回到我生活的城市。我在这个城市的繁华街头，经常幻听到鞭炮声、吹打乐，眼前时常浮现出鳌龙引领水族鱼贯成阵、翩翩起舞的情景。

看，鳞光闪烁，脚铃叮当，那是家乡人又在极致地展示着五彩缤纷的海洋世界……

家乡的石头屋

家乡在东海边的海岛,海岛山多平地少。房子多依山而建,层层叠叠到半山腰,房子的墙都是石头垒砌的,石墙上盖着黑瓦。

建房子的石头是从山上采的,很是硬实,却没规则。建房子时,泥工要在整个乱石堆里找到一块石头,可以嵌入下面两块石头间的空隙。真不容易!泥工左观察右端详,像是挑选一件艺术品,选好后,用钢刀把石头做些修整,几次把码,几次雕凿,如琢玉般慢工出细活。泥工在下面石缝间抹上拌着石灰的黄泥,放上石头,用铁锤敲击几下,夯得稳实无缝,之后继续寻找下一块适合嵌进去的石头——

就这样周而复始,石头墙慢慢长高。到了相应的高度,然后是木工架梁钉椽,等到在栋梁上系好红绸带后,泥工就开始垒瓦，瓦片是一仰一俯，节节相连，一页页地向上爬。

家乡的石头屋不高，不过两层，多为两到三开间。石头是有色彩的，彩色的墙体顶着黑色的瓦顶，像一架钢琴，那一道道的瓦槽就是黑色的琴键，日子就这样开始从容地在琴键上奏着无声的音乐。

石头屋淳朴静穆，但形象生动。赭红色的、土黄色的、灰褐色的、茶绿色的石头与黑灰色的瓦片对比鲜明，每一间石头房子都是一帧灵动的风景。

房子的灵动，除了石头与瓦片，还有石头房子的窗与门，那是房子的眼与口，眼睛很小，可炯炯有神；嘴巴方正，却不善言辞。

石屋就这么沉默地坐着，看着门前的那株柚子树叶荣花落。

我家的石头屋还有个天井，天晴的时候，天井里的光影由方正慢慢缩小成线，当最后的光晕消逝在老屋的屋檐下时，一天就这么平和地过去了。裹着小脚的奶奶在天井北面的大堂上面容祥和地念着佛经，细数光阴。

天井的表情在雨天特别生动，雨顺着瓦槽流下，在天井的小水洼里溅出来，雨珠往四周打着滚儿地跳跃。日子久了，天井四周的青苔就沿着水洼的地方蔓延，织上那只种着绣球花的水缸，爬上木板墙。

石头屋里基本上是以木板为墙，也有用石板为墙的。记忆里，我家的木板墙也已经老去，颜色灰暗灰暗的了。岁月的漂洗，使得木板板肉干瘪，青筋条晰，木节如眼暴出，每次观察木板墙就会让我想到我那喜欢坐在石头屋台门的门槛上抽着旱烟的老爷爷。

父亲的渔船一归岸,母亲就开始在天井里杀鱼。鱼去鳞,去内脏,留下鱼胶,漂洗干净,母亲就把鱼胶往木板墙上一粘,一条条白白的鱼胶就被一撇一捺地画在青灰色的木墙上,色彩冷,但温馨。没几天,母亲就把干透的鱼胶从木板墙上揭下来,放在菜籽油里一炸,香气盈屋,炸过的鱼胶可以烧一大碗汤,加些蛤蜊,漂些葱花,那是一道招待客人的佳肴。

因为在海边,多台风。上学时,一有台风来袭,老师就会问,哪位同学要请假,总有几个举手请假回家帮父母家人,在石头屋的瓦片上压石头,或者用渔网罩住整个屋顶的瓦片,在石头屋的四角扎个结,用大大的石头垂着。

这样台风呼啸,瓦片不太会飞走。可是每次台风过,总有几家的屋顶遭了殃。这时候瓦片也总要涨价,有一些人家要请泥工修屋顶。家乡的习俗,石头屋是哪个泥工造的,修补也要请他,泥工如果老去或不在人世了,他的徒子徒孙会接着修。修屋顶的工钱随房主给,中餐要房主招待,上下午都要有点心,饭菜不论,烟酒必备。修好了石头屋,泥工要在瓦槽上浇一些水,看看是否会漏,算是检验。

金色的阳光、银色的月光在黑瓦上走过,沉默的石头屋更加沉默。

更加沉默的石头屋被刻上岁月的痕迹,枕着海风,静默而淳朴地老去。老去的石头屋,瓦缝里零星地长着几棵青草,随着春秋荣枯,在冬日,看着一只小鸟停在屋脊的那棵枯草上,悠悠晃晃,石头屋的沧桑也就在灰白的光晕里悄悄地爬上了屋脊,那棵棵枯草应该是老去的石头屋的星星白发吧。

老去的石头屋的石缝里的石灰也被冲刷掉了,住进许多马蜂飞进飞出。石头间的缝日益清晰,石头屋的皱纹结满额头。

老去的石头屋总有一天会在海风的侵袭中倾斜坍圮,梁架枯朽。废墟上长满枯黄的蒿草,一丛丛地疯长,墨绿色的爬山虎缠满了那依然静默的石头,犹如以前家里天井的青苔,恣肆蔓延——

今天,我在水泥钢筋的城市高楼里眺望那如油画般明亮的家乡,忧伤,却也从容。

我的思绪开始在家乡的石头屋上攀爬,情感湿湿的,满是青苔——

解放塘与赶小海

家乡的小镇原来很小,几座小山丘相接围成一个小盆地,后来因为在滩涂上筑了一道道长长的海塘,围起的滩涂地被改造成田地,小镇才有了比较大的一块平地,也因此一天天变大。

小镇的海塘有很多道,最有名的是镇东北的那两道,特别绵长,特别雄阔。镇上的渔民都叫它们"解放塘"。我没见过,只是听长辈们讲起过小镇的渔民们如何迎着风浪在滩涂上堆砌起这么雄伟的解放塘的故事,长辈们总是一脸凝重地说每一段的解放塘都是渔民用生命砌成的。所以,站在望不到头的海塘上,我真切地产生了对小镇渔民改造自然的敬佩之情。

海塘坚毅地立着,阻挡着海风呼号、波涛汹涌,默默地呵护着小镇居民的平静生活。解放塘围垦起的滩涂地被改造成了一个农场,河网交织,农田规整,这就是小镇居民所称的"解放塘农场"。解放塘农场据说是一批批知青辛勤改造建设成的，农场里种着一排排马尾松，高大柔韧，迎风舞动，和海塘平行立着，应该是防风林吧。农场的河道都养着鱼，围着网。可能因为土质盐分多的原因，农场没有种水稻，主要种甘蔗西瓜等经济作物。

母亲以前在解放塘农场上班，我和小伙伴们放学后就常到解放塘农场去玩，看着在海风中沙沙作响的甘蔗林，就想起读过的郭小川的诗《青纱帐——甘蔗林》里描写的情景，仿佛那甘蔗地里也"埋伏着千百万雄兵勇将"，仿佛"那甜甜的秸秆啊，立刻变成锐利的刀枪"，在战争话语充斥的年代，男孩子唯一的想象就是如何打仗。

小孩毕竟嘴馋，于是就相约去偷甘蔗，甘蔗很高，青皮的，很硬，所以扳不倒，我们就学赛跑冲刺，到跟前，两腿飞起，喀嚓一声，一根甘蔗就被踢断，然后剥去叶子，用牙咬开甘蔗皮，有滋有味地啃起来，常啃得嘴角起泡，手也常被甘蔗叶划出口子。偶尔也有出状况的时候，农场的工作人员看到甘蔗叶一阵狂抖，追赶过来，我们就哧溜滑到河道中央的水泥船上，撑起长篙，追赶的人就在岸上狠狠地骂，骂几声后不忘补上一句"小屁孩，要记得把船给我摇回来"，然后背着手踱回去。我们如同打了一场胜仗，欢呼雀跃。

农场的边上是海塘，翻过海塘就是滩涂地，滩涂地可是孩子玩耍的天堂。

我们常翻着日历牌看退潮时间，然后提着小木桶去赶小海。

赶小海要爬过高高的解放塘。那时，总是个头大的孩子领头，小的依次跟着，海塘根处有很多石头，石头上长满了贝壳，在泥土下看不见，孩子们一踩下去，小腿就会被划出一个口子，海水是咸的，浸着生疼生疼的，所以做出这种牺牲的都是个头大的，小个的则踩着大个的脚印前进。

海滩上有泥螺、香螺、钉螺、蛏子、螃蟹、跳跳鱼，还有一些叫不出名的小鱼小虾。我们在滩涂上掏螃蟹的洞巢，也有被螃蟹的大螯钳得嗷嗷大叫的时候，几个人合捉那滑溜的跳跳鱼，成功的概率很低。阳光暖暖地洒在海涂上，泥土的荤腥味掺和着海水的咸涩味在四周弥漫开来，所有关乎大海的体悟都可以固化，可以液化，也可以气化。懒得捡海螺了，孩子们就开始在滩涂地里追逐打闹，相互往对方脸上头发上抹泥土。海水就在不远处流淌着，平和得如一道河水。当涨潮时，孩子们提着木桶上岸，互相比较着木桶里爬着的跳着的小海鲜，沾着一身污泥，很是欢喜地回家。

大人们不关心我们的战利品，一边扒拉下我们的衣服，一边数落着。可我们不一样，在月光下，吸着自己捡来的海螺，特别兴奋。

那已经是多年前的事了，记忆也如墙上的日历一样泛黄，斑驳的日子里总有一种感觉在我驻足回眸时温暖着我的视野。

这次回家，看到绵长的海塘还在，只是一排排的马尾松早已被砍伐殆尽，解放塘农场已经被改造成一个汽摩工业园区，造了很多的房子，曾经河网交织、沃田相接的解放塘农场现在只剩下一个路牌一个标志。"解放塘"最终成了一代人热血沸腾的记忆，在海风中沉淀成一个永远也做不完的梦，被抽象，被删减。

入海口的礁石被炸了，造了一个很大的污水处理厂，满是油污的滩涂再也没人撒网捕鱼，再也看不到种蛏子的渔民蹚着旱船在滩涂上划过后留下的长长沟槽，长满高高的芦荻的滩涂虽然还能看到一些小鱼小虾小螃蟹，却再也听不到孩子们赶小海的欢声笑语了。

只有那绵长又雄阔的海塘依旧默默地看着潮涨潮落，或许它还能记起小镇上的一群孩子赶小海的往事——

梦里叶落知多少

暮秋的清晨,阳光薄薄的,如蝉翼,斜斜地飘洒过来,层层叠叠,苍苍白白。

我骑着单车去上班,风不大,可耳际还是擦出了呼呼的声响。路上有很多红的黄的落叶,轮子轧着,嚓嚓嚓碎开去。

车道旁,一辆辆汽车静谧地趴着,没醒,车顶上车窗上也零零星星地点缀着红红黄黄的叶子,叶子不大,多呈菱形,叶面很舒展。车子骑过,惊扰了叶子的秋梦,叶子翻了个身,从车顶跳着华尔兹柔美地飘落到车的前脸。

趁着夜幕给车子和马路装点的是路旁的一排乌桕树,树色并不统一。有红褐的,色如铁锈;有淡黄的,色如柠檬。同一棵树的叶色也不均匀,低处还有深绿的老叶,中间的是斑斑驳驳的橙黄,最上层才是绚烂的火红。南朝有诗曰:"红叶秋山乌柏树，回风折却小蛮腰。"宋人方回也有"团团乌桕树，一叶垂殷红"的描画，诗人看到的是红叶秋山、满树殷红，大概是从远处看的效果。

眼前偶尔有几片叶子如蝴蝶一般，双翼扑扇，婆娑而下，翩翩地落在车篮里，这是我暮秋清晨遇到的最有趣味、最有美感的事情了。

说起秋叶，首先想到的是枫树。唐代戴叔伦的诗句"日暮秋烟起，萧萧枫树林"，以萧萧枫树写出秋暮肃杀之境；清代纳兰性德的《蝶恋花·出塞》里有句："今古河山无定据。画角声中，牧马频来去。满目荒凉谁可语？西风吹老丹枫树。"则以西风吹老丹枫寄寓家国之思。

对于枫树和乌桕，明代文震亨在《长物志》里进行了这样的比较："秋晚叶红可爱，较枫树耐久，茂林中有一株两株，不减石径寒山也。"在我看来，枫叶色彩虽红，但红得太热烈，鲜嫩得有些扎眼，如十七八女郎的殷红嘴唇；乌桕叶则显得饱满厚实些，柔润如玉，色彩清明而爽朗，观其色，如品佳茗，愈赏愈美。宋代陆放翁诗中有句"乌桕赤于枫"，我想这个"赤"不仅在于色，更在于厚实的味吧。

枫树多植于园林，斜倚假山俯视秀湖，是花窗之后的一抹娇艳，是碧水之畔的一枝殷红。观枫树，如见美人，怦然心动，然而美得过于了然，姿态也毕竟过于娇柔孱弱；乌桕则多植根于乡野，茅草丛中，农舍之畔，以瑟瑟荻花为伴，任那静默民情染红一株绚烂，任那萧萧西风刮出一树繁华。在乡野看乌桕真是一件绝美之事,令人心旷神怡。清朝翰林周锡曾有诗咏乡野之乌桕:"山村富乌桕,枝丫蔽田野。榨油燃灯光,灿若火珠泻。上烛公卿座,下照耕织者。嗟尔寒乞材,光辉满天下。"

我家老屋后面是一道陡峭的山坡,山坡边孤寂地长着一棵乌桕树,枝干灰白,斜斜地伸向老屋的屋脊,遒劲有力。

暮秋时节,落叶缤纷。小时候,我就喜欢在屋后拾掇那红红黄黄的乌桕落叶,对着斜阳照出那精美绝伦的叶脉。父亲就曾经做了一枚叶脉书签赠予我,尾部系着一条红丝绳,可惜后来多次搬家,不知遗落在何处,父亲去世多年,如今思人却无物可睹——

孩童时,最喜欢做的事就是和伙伴爬上山坡去采摘乌桕果。

乌桕果原是青色的,入秋后成黑色,秋暮霜打之后,乌桕叶落,黑色果壳脱落,满树白色种子挂满枝头,经久不凋,宛如积雪,古人就说"偶看柏树梢头白,疑是江梅小着花"。明代冯时可著的《蓬窗续录》里引陆子渊《豫章录》云:"饶信间柏树冬初叶落,结子放蜡,每颗作十字裂,一丛有数颗,望之若梅花初绽,枝柯洁曲,多在野水乱石间,远近成林,真可作画。此与柿树俱称美荫,园圃植之最宜。"远远望去,一树一树的乌桕子,星星点点,宛若玉珠,好似蜡梅,煞是好看,令人惬意,从暮秋到初冬,乌桕完成了从灿烂到素雅的蜕变。

乌桕不仅可赏,亦可用,乌桕叶和乌桕子可真是宝。火红的乌桕叶落入老屋后面的小水沟里,水就变成黑色,浓郁得如墨汁似的,有人就捡拾乌桕叶自制墨汁给孩子练毛笔字或用于染土布。乌桕子则主要用来榨油点灯，据说还可以制作蜡烛和肥皂，但我没有见大人做过。

——这些都是很久以前的事了，等我稍大一些，小孩都是用瓶装墨汁，家里也都是用桐油或棉籽油裹烛心了。

现在，老屋后面的乌桕树早已因为邻居建房而被砍掉了，原本触目可见的那株乌桕树，竟已成为我的一种平淡而隽永的记忆了。

"涧户寂无人，纷纷开且落。"梦里那株乌桕树在静寂中灵动地绚烂着，花开无痕，叶落无声——

母亲的菜地

母亲的菜地在后山上,只有长长的几垄。种菜,成了爱劳动的母亲一辈子亲近土地的最质朴的方式。

母亲在家里排行老大,有四个妹妹一个弟弟,外公家里穷,父亲家里也穷。穷怕了,母亲就特别要强,特别没有安全感。家里的柴火堆得老高老高,水缸的水盛得满满当当,她才睡得踏实。去冷冻厂剥虾,她努力成为剥得最快的一个;织渔网,她努力成为织得最多的一个。

记工分的时代,母亲是小队的队长,带着村民上山种地,她总是最积极。后来,包产到户,山上的地分给各家各户,于是,我们家就有了好几垄的地。

最开始是种油菜,后来种小麦,再后来种番薯。父亲去世,母亲年事已高,这几垄地成了母亲的菜地。青菜、包心菜、油麦菜、茄子、豌豆、蚕豆、萝卜，母亲还在每块菜畦里见缝插针地套种、间种了各种蔬菜，精心侍弄，细致栽培。光照雨润，春种秋收，菜地在母亲的悉心料理下一年四季生机盎然，各种蔬菜都长得满目欣荣，一抹抹红，一簇簇紫，一片片绿，油亮肥硕。

菜地一年要翻犁两次，每次翻犁，如打开一坛陈酒，芳香四溢，母亲成了菜地最为虔诚的守卫者和耕耘者。正如当了一辈子渔民的父亲对大海有着难以割舍的情感，出身在农民之家的母亲对菜地有着极其深厚的情分，可以说，她把菜地看得胜过自己的生命。

母亲双脚扎进泥土，播种、施肥、浇灌、锄草，与其说是母亲种植生命、培养土地，不如说是泥土给了母亲生命活力的滋养。母亲成了菜地里最高大的生命，可她又卑微到贴近土地，她把土地视为自己的衣食父母，虔敬着，爱戴着，恩重如山般地呵护着。

吃母亲种的蔬菜，味道正、口感好，吃着放心、舒心，蔬菜丰盈了家里的餐桌，满足了家人对美味佳肴的渴盼。母亲还和邻居互相分享劳动成果，今天你尝尝我家的土豆，明天我吃吃你家的番茄。现在，生活在城市里的我，常怀念起家乡温情脉脉的邻里关系。我总觉得，菜地里种着一条简单而质朴的哲理：有耕耘才有收获，有分享才有快乐。

前年春节离家之前，腿脚不方便的母亲照例叫上我们去看她的菜地。记得大前年她还不要我们扶，可隔了一年，则要我们搀扶着，才有些艰难地爬上后山。菜地里青菜和豌豆，稀稀拉拉，没有去年那么有生气，母亲叹息道："今年种不动了，借给人家了。""连朝细雨刚三月，成畦花黄又一年。"我站在菜地里想：在完成一个年轮的接合时，我们能做什么？企盼这世界更温暖，祈祷爱我的与我爱的更有生趣。

可岁月总是那么无情地带走母亲的活力。前年的暑假，母亲做了个膝盖换骨手术，手术后的母亲再也不能上山种菜了。去年，母亲又摔了一跤，生活难以自理，最终，住进了养老院……

母亲的菜地已荒芜。

贫瘠的记忆

时间永是流逝，只有记忆是永恒的。贫瘠的日子可以过得富有，富有的日子也会过得贫瘠；苦涩的日子可以过得甜美，甜美的日子也会过得苦涩。

一

农历四月，也就是被闽浙渔民习惯称为"中汛"的时候，捕捞上来的小带鱼，条子细而均匀，肉肥而骨软。海边人都会用糯米酒糟、红曲腌制这种"带鱼丝"，名曰"鱼生"。腌制好的"鱼生"是猩红猩红的、咸涩咸涩的，有的渔家加点萝卜丝和白糖来改善口感，如果能加些味精，那是再好不过。"鱼生"因为咸才下饭，那时候，一家人吃饭常只对着一碟"鱼生"。孩子间总有说不完的话,端一碗稀饭,上面放一条"鱼生",就到邻居家聊上了,"鱼生"很有韧性,又舍不得一口吞下,所以,孩子们一边聊,一边还得互相帮忙用筷子把"鱼生"扯成一段段的。现在很少有吃"鱼生"的了,我在冰箱里放了一小瓶,是从老家带来的,偶尔觉得嘴巴特别没味时,就拿出来,吧唧几下,所有的回忆随着味蕾蔓延开去……

二

小时候,老家的肉贩子常挑着竹篓走街串巷卖猪肉,肉贩子不吆喝,只是吹螺号。所以一听到嘟嘟嘟的螺号声,就知道卖肉的来了,馋嘴的孩子就眼巴巴地看着大人。母亲总舍不得买精肉,就割点肥肉,在锅里熬成猪油渣。碰到豇豆季节,就到后园摘些豇豆,做豇豆饭。能吃到豇豆饭对我们来说就像过节一样。那时家里大多是三顿稀饭,中午能吃白米饭的是条件比较好的。因为熬稀饭要早些,而做干饭则都在中午,所以孩子放学回家远看家里的烟囱是否冒烟就能判断出中午有没有干饭吃。哥一看家里烟囱不冒烟,就咿呀咿呀地摇着家里的后门以示抗议。如果中午回家能看到烟囱还冒着烟,进门如果又是闻到油渣和着豇豆香,孩子怎么能不欢呼雀跃?于是,孩子围着灶台,看妈妈揭开木锅盖,看蒸汽沿着一圈黝黑的铁锅散逸开来,米粒一颗颗竖着,上面顶着几颗黄灿灿的猪油渣。用母亲的话说:眼珠子都要掉进锅里去喽……

三

海岛缺水，仅有的水源就是几口水井。家乡的水井都修得很大，人可以爬下去，有的井口还有台阶，呈簸箕状，称为"簸斗井"。缺水的时候，总是要下到井底，拿着水瓢，盯着石缝中渗出的一滴滴，那种渴盼的心情现在想来都特别揪心。家家户户把水桶放在井边，大小不一的木桶蜿蜒出一支长长的队伍。再干旱，水桶队伍都排得很有秩序，前面的把一桶水打满，看看后面的水桶就知道下一家是谁了，于是会吆喝一声"某某某来舀水了"，每家不多占，每户不插队。有时轮到我们家时是后半夜，母亲就拉起睡眼蒙眬的哥哥和姐姐拎着手电去抬水，当一桶水抬到家，澄清后，哗哗地倒入水缸，家里人那个满足啊，真是难以言表。渔家清水贵如油，用水的节约程度也是可想而知的……

四

那时候，除了缺水，还缺柴火，缺煤炭。煤炭要凭票供应，家里人多，常不够用。海岛树少，山上的草也被割光了。在解放塘农场上班的母亲于是就在农场里割草，割好的青草要及时拉走，打成捆的青草很沉，母亲扎成的草捆又特别大，我个子小，哥哥就把扁担从草捆中间穿过，这样我们才抬得起来。从农场到家要翻越一条岭，爬岭的时候，草捆常会拖着地，哥哥总在后面叫着："抬高点！抬高点！"前面的我要双手硬撑起扁担才使得草能离地。一捆捆的草就这样被抬拉着拽到家里，晒成干堆成垛。母亲要求烧饭时用草引火，枝条点旺，再加煤炭，风箱啪嗒啪嗒拉得很急，灶膛里的火裹着被烧红的煤块火辣辣地舔舐着黑魆魆的锅底。我对"热烈"这个词语最直观的感觉就是从这儿来的……

沙滩、妈祖庙和鱼灯

家乡小镇居民多,平地少,所以石头造的房子也多不规则,多傍山而立,石墙挨着石墙,黑瓦连着黑瓦,层层叠叠地到山顶。

我读的中学就是建在半山腰,校门在山脚,每次进校总要爬那长长而高高的台阶,台阶的尽头是一块小平地,左右两幢教学楼,一旧一新,平地中央立着两个水泥篮球架,就是学校的操场了,印象中操场实在太小了,两个班跑步,队头都要连着队尾。学校开运动会就把学生组织到小镇东北的一个沙滩上,潮水刚退,体育老师拉起绳子,依着绳子,用标枪很快地划出四百米的跑道,学生们就开始跑步跳远。

我在读高二的时候曾经参加过学校运动会的长跑比赛,同学都是赤着脚,沙子软软柔柔的,每一脚踩下去都浅浅地陷进去，再加上沙粒都是湿湿的，所以跑到最后，感觉是在泥淖里跋涉一样，腿真像灌了铅一样地沉，每跨出一步都要付出很大的力气。可那样的运动会特别让人怀念，蓝天白云，细柔的沙滩，海水咆哮着哗哗地涌上来，却只是温柔地亲吻过你的脚趾，留下一团团白白的泡沫，然后羞怯地后退，一群懵懂少年或是在阳光下自由地追逐，或是俯身在金光粼粼的海浪上打着水漂——还比这样蔚蓝的记忆更令人心颤不已的吗？

沙滩边有好多座庙，这些庙也是我们玩耍之余常去磕头的地方。

小镇的庙宇常一座连着一座，有观音庙，有杨府爷庙，有关帝庙，还有一些我也叫不出名的寺庙。这些寺庙供奉着各路神仙，寺庙有大有小，且都是和小镇居民的石头屋毗邻，所以，在外一看，很是普通，进内看到香火缭绕，才有一种庄严感。

我总觉得奇怪，小镇的渔民没有道教佛教之分，遇庙就供，逢神便拜，所以每座庙都香火旺盛。小镇的庙宇给我印象最深的是两座，一座是娘妈宫，一座是玄天上帝宫。

娘妈宫，本地渔民又称其为"天后宫""天妃宫""娘娘宫"，供奉的是妈祖，妈祖系专管海事平安的女神，小镇的妈祖庙可是一座古庙，庙中至今尚保存有清代道光和同治的石碑各一块。石碑记叙的是关于制止乱收费的事，内容其实与妈祖没有什么关联，但当时的官员勒石于天后宫前，可能也是想借此神力。小镇的妈祖娘娘据大人们讲系清代由福建渔民从湄洲祖庙分灵而来的,因为小镇的渔民都是从闽南迁徙而来,至今还操着一口闽南语。

那时候看妈祖娘娘的塑像,很是慈祥,凤冠霞帔的娘娘着玄黄色的祥云大袍,端庄和善,她的脸很丰满,如观音,脸色是绛红色的,让人想起舞台上的红脸包公,这让我一直很纳闷,高中毕业时曾问爷爷,爷爷说,妈祖林默娘济世行善,广施恩惠,是为救落难的渔民而死的,被海水呛死的人脸色是黑的,塑像的人不能把娘娘的脸色塑成黑色,所以就成了绛红的了。

玄天上帝宫里供奉的是一尊戴冠端坐的严肃圣像,问小镇的长者塑像是谁,他们只告诉我是真武帝,如果再刨根问底,他们也会涨红着脸答不上来。长大后才知道"玄"即"玄武","玄武"其实就是北斗七星的总称,《楚辞》的《远游》篇有句称:"召玄武而奔属。"玄武七宿之形如龟蛇,故注称:"玄武谓龟蛇,位在北方,故曰玄,身有鳞甲,故曰武。"原来,那塑像就是主宰北方的神,可他因为太过严肃,所以就没有妈祖娘娘那样对孩子们有亲和力,我们到上帝宫主要是干两件事,一是看戏,二是看鱼灯。

庙里有一个戏台,经常唱越剧,当私订终身后花园、公子落难中状元的故事浓墨重彩地面对着玄天上帝上演时,端坐着的他似乎也露出一丝笑意,变得慈眉善目起来。

看鱼灯是春节过后最有趣的事了,"咚咚锵!咚咚锵！……"当庙里传出了阵阵激昂的锣鼓声和唢呐声，五彩斑斓的鳌龙鱼灯和着乐声欢快地舞动起来时，大人孩子都会聚拢着去看。做鱼灯有些复杂，在T字形的木架上，用细竹篾按各种海鱼的形态扎制轮廓，蒙上白漂布，再按照各种海鱼的首尾身形、鳞鳍皮色描线着色，制成鳌龙、黄鱼、马鲛、鲍鱼、乌贼等灯具。灯内可以燃插蜡烛，或装上小灯泡，夜间舞动，最是壮观。舞鱼灯的多是少女少妇，身姿曼妙，刚柔并济。舞鱼灯有很多阵式，或首尾衔接，招招摇摇，或交叉回环，鱼贯而行，最高潮之处在于"龙头衔珠"，舞龙珠者要席地而卧，不断翻滚，或引诱或躲闪，舞龙头者时进时退，企图衔住龙珠，犹若男女约会，婉转又热烈，其余鱼灯环绕腾跃，当龙珠被衔时，鞭炮炸响，欢声雷动，煞是热闹。

据说小镇的鱼灯有近四百年的历史，是在明嘉靖年间，戚继光在浙东沿海抗倭，以龙灯聚会庆元宵的方式引诱海上倭寇上岛而一举歼灭他们，为庆祝胜利，人们开始举龙灯跳跃滚舞。但这只是传说，渔民喜欢鱼灯不仅有海龙崇拜的原因，还有做祈祷和庆丰收的意味，是娱神，也是自娱。

海风浸染，岁月沧桑。现在，妈祖庙和玄天上帝庙的香火依旧很旺，那块刻载着谕禁的石碑还立着；每年的春节，铿锵锣鼓里的红鳞绿鳍总会热烈地舞动。

可有些东西总是会有变化，小镇上的学校据说在山脚下建了一个很大的操场，现在的孩子们不用去沙滩上赤着脚比赛了，镇上的孩子们也不太会去关心这些寺庙以及关乎这些寺庙的故事了。

　　小镇中心原有一个公交车站，早已被拆除，在那儿立了一尊一个渔民高高举起一尾大鱼的青铜像，似乎在告诉外来的人们这里曾经是一个渔村。

舢 板

舢板就是一种小船，为何叫"舢板"，据说，原名"三板"，因其多为底、左、右三块木质板子构成且用桨、篙、橹推进而得名。

还有一种说法更有意思。"山"有"伟岸""庞大"之意，"舢板"的"舢"就指"大山一般的船"，即母船；"板"本指"在大船与大船之间，或大船与码头之间穿梭往返的小船"，即子船。因"母""子"关系密不可分，遂两字合并为一词"舢板"，专用于表示"舢的板"的意思。以前的渔船都是一对对的，双双出海，对对归航，像夫妻，舢板就是他们的孩子，是"还没长大的渔船"，他们组合成了一个家庭，渔船靠岸，渔民坐着小舢板登岸，渔船要起航，渔民坐着小舢板登船。渔船离港了，小舢板就在岸边静静地候着，像盼着父母回家的孩子。

以前,渔船有一对画在艄部的眼睛,我们叫它"船眼",小舢板也有一对小"船眼"。以前的商船也有"船眼",但商船和渔船的"船眼"不一样,商船的眼睛看着远方,渔船的眼睛向下望着鱼群,小舢板的眼睛也是看着水面。商人目光着于远处,方能求得大利益;渔民则祈望于大海的回馈,渴盼这双俯视的眼睛能给他们带来丰足富裕的生活。大船如此,小舢板也一样。

舢板长度一般不过十米,无甲板,前面一般是三四个隔舱,隔舱是不盖板的,后面是两米不到的船舱,则盖着船板,一边是舢板主人睡觉之处,一边是做菜烧饭的地方,很是局促,甚是简陋。

老渔民划舢板是用橹的,不用桨。橹和桨是不一样的,橹长而扁窄,桨短而厚宽;橹在船尾,桨在船舷。据说,在十三世纪,一个叫马可·波罗的威尼斯人跑到中国,他好奇地打量着他邦异域的景象,当他看到一只只刷着明亮油漆的舢板时,很是惊异,因为这种小船和他老家的"贡朵拉"不一样,在某些方面,这些船的制造技术远远领先于当时欧洲的造船技术,例如,在艄部底下有一个方向舵,在甲板上还有防水隔间。——当然,装有方向舵的是比较大的舢板了,我老家的小舢板没有方向舵。

因为在海边长大,我对舢板情有独钟。小时候最喜欢做的手工就是用纸折舢板,折好舢板,将去掉笔头的圆珠笔芯插在舢板的尾部,把舢板放入水缸里,让圆珠笔芯浮在水面,此时船就能够被驱动前进。不知道那是什么原理,几个小伙伴总喜欢围着水缸痴迷地玩起"赛舢板"的游戏。

我哥哥比我长七岁，他曾经用一块木头雕刻一只舢板，锯、凿、锥都用上，怕爸妈批评，偷偷地做，我做帮手，耗时好几个月，终于雕刻出一只三四十厘米长的迷你小舢板，那是小时候的我见过的最大的"工程"了！可惜，那只雕刻精美的小舢板不知后来丢哪儿了。还有，以前家里有一只大"船眼"，家里用它来盖米缸，今年过年我还问母亲，一起翻找了很久，也找不到了……

春节过后的一个早晨，我来到老家边上的小渔港，那是父亲生前出海归航的地方。天阴阴的，飘着细雨，渔港特别冷清。几条渔船趴在渔港里，还在沉睡，缆绳在海面悠悠晃晃。我就在这个带给我很多快乐和无限畅想的渔港里漫无目的地走着，看看那一块块被海浪冲刷得滚圆的小石头，希望能拾掇起一个个美好的童年记忆，连缀成珠。

海滩上搁浅着两只小舢板，一只是旧舢板，头上顶着两个旧轮胎，像一只耷拉着羽毛的老母鸡；另一只是新舢板，红红的心形船头翘得老高，像一只顶着红冠的大公鸡。

旧舢板底部是赭红色的，长满了状似藤壶的贝壳，上部是深蓝色，油漆已经斑驳。舢板的主人是个老渔民，个子不高，穿着厚夹袄，花白的头发因为淋过细雨，一绺一绺地耷在宽厚的脑门上，眼神有些浑浊，黝黑的脸庞留着暗红色的斑点，那是长期饮酒的标志。他弟弟穿着雨衣躺在船底，哥哥的舢板破了，弟弟来修，弟弟先拆下已经腐烂的破船板，换上一块新船板，接着拌好桐油灰加入麻筋，堵上缝隙，最后还要把新船板烘烤干再上漆。哥哥说弟弟手特别巧，能修船。

这时，新舢板的主人操着浓浓的四川口音来讨些桐油灰，老渔民有些不情愿，嘟哝着，但还是给了。老渔民说，现在木质舢板很少了，很多是用钢筋做骨架铁皮包边焊接的铁舢板，摇舢板的本地渔民也越来越少了，很多舢板都租给了来小镇打工的了。老渔民抬头看了一下海面，眼神依旧浑浊，但透着坚定。

旧舢板也装上马达，不用摇橹了，但老渔民还是将一把旧船橹绑在船舷的一侧，这把拍打过太多海浪的旧橹静静地躺着，虽被细雨浸湿，仍做着拍打海涛的梦，似乎眠歌里还有吱呀吱呀的摇橹声。

舢板是连接渔船和海岸的符号，是起航与归航的标志。时过境迁，东海的渔业资源在枯竭，渔民大都上岸了，渔船越来越少，当然，舢板尤其是木质舢板也就越来越少了。我想，以后的孩子只能在博物馆里隔着玻璃来欣赏舢板了，小镇现在就建起了一个展览馆，那里展示着闽浙渔船和舢板的模型。

——有些记忆或许只能永远成为记忆……

老渔民兄弟专注着修舢板，有一句没一句地搭着我的话。对于我这个十七岁离开渔港的晚辈，他们是陌生的。

年轻时驾着大渔船，耕海牧渔，搏风击浪，年老了守着小舢板，轻拍海涛，静听风啸，这就是渔民的一生，他们离不开船，离不开海。岸上的石头屋里有他们的家，但那是伦理意义上的家，船和海才是他们的精神皈依之处。还在守着舢板的老渔民或许是最后一代真正的渔民了——真正的渔民脸上写着对天地的谦卑、对大海的敬畏以及驾海驭涛的自信——那样的眼神是无法存入展览馆的。

  离开渔港，细雨已经停歇。清冷的渔港，寂寥的渔船，破旧的舢板，连同渔民那个佝偻着的背影，构成了我的家乡影像，每每回望，我能闻到浓浓的海腥味，我能听到高亢的渔歌号子——

摔泥巴

以前，农村的孩子都玩过摔泥巴的游戏。

摔泥巴的土用的是黄黏土，山上或池塘旁挖一块就是，弄些水湿土，和成泥，要不干不稀。几个小孩子一人分一些泥巴，反复地摔捏，等有了筋道，捏成碗状，碗口可以厚点，碗底一定要捏薄，然后开口向上，置于右手心，左手蹭一下鼻涕，弯起腰把泥巴碗使劲地朝平地上砸去，隐约记得摔之前还要往捏好的泥巴碗里吐口唾沫，也不知是何用意，反正是跟大一点的孩子学的，成了规定的习俗。泥巴碗摔到地上，啪的一声，碗底会炸开一个口子，谁炸开的口子大声音响，谁就赢。赢的人就占有了泥巴，直到对家输光泥巴才收场。赢者欣欣然，输者悻悻然。

当然也有特别厉害的，那时候常有老农民拉着粪车来收粪，粪车尾部有个出粪口，用一截木头堵着，糊上土，那一圈土，特别黏。调皮的孩子就跟着粪车，等农民去收粪了，马上去扯一块下来。用"粪土"做成的泥巴碗炸的口子大，声如炸雷，是制胜的法宝。所以臭臭的"粪土"成了孩子们收藏的宝物。

泥巴碗炸开的时候，小的泥巴点飞溅，于是，孩子们身上脸上都带着泥星子回家，家长也不斥责，不为别的，只因为那只是泥巴。泥巴不属于脏东西，拍拍洗洗回到地上就是。

农业社会对泥巴的感情就是这样亲切，这样自然。

农民的孩子和他们的父辈祖辈一样天天涂满泥巴，孩子爬上草垛，父亲蹲在田埂。当干透的泥巴开裂后，把泥巴剥下，泥巴揪着汗毛，生疼，那是因为泥巴连着血脉。农民似乎永远不去洗鞋底的泥巴，只往黄土墙根敲敲，黄土依旧粘着黄草鞋，就如同农民额头皱纹纵横，纹理清晰。

春天，田里草籽花开，耕牛嚼着花香，农民扶着犁把，泥浪是最有艺术性的，翻卷的泥土也能开出一朵朵花来，而且泥比花香。

农民是有着太阳味道的泥土做的，他们是泥地里长出的一棵棵草，双脚插入泥土中，经脉就和泥土连通，有了活力。农民的姿势如成熟的麦穗，弯成一把镰刀。匍匐于土地的他们最懂得泥土具备伟大的母性，是泥土养活着无根的动物和有根的植物，还有亲近着土地的人。

以前有一首歌叫《爸爸的草鞋》："草鞋是船，爸爸是帆，奶奶的叮咛载满舱，满怀少年十七的梦想，充满希望的启航，启航。船儿行到黄河岸，厚厚的黄土堆上船……"农民的儿子离开了家,农民往孩子的行囊塞进一把故乡的泥土。

欧阳修曾经感慨:"人情重怀土。"说得真是在理。流浪天涯的游子揣一把故乡的泥土上路,就能闻到故土的气息,似乎就听到来自乡亲魂牵梦绕般的深切呼唤。长辈说,离开家乡的人生病了,用怀揣的一点家乡泥土煮水,烧开了沉淀后再喝就能治好。不知这是不是有科学的道理,可我还是相信,泥巴是药,因为生命都是从泥巴里长出来的。

有别于游牧民族特性的刀叉,农民用泥巴育出的竹木做成筷子,连法国批评家罗兰·巴特也这样评价:"筷子在他们手里是飞翔的翅膀,到了欧洲人手里,无疑是拐杖,凄凉的是——还是双拐。但我宁愿拄它,比起刀啊叉啊这种屠杀的感觉,还是好。"农民用筷子的姿势也源于自然,模仿了鸟啄,不像刀叉那样猛烈凶残。

农民还用泥巴烧成碗碟,他们吃的是泥土里种出的大米麦子、瓜果蔬菜。生命源于泥土,长于泥土,归于泥土。

越来越多的人离开泥巴。生长在城市里的人,穿着锃亮的皮鞋,走在柏油铺成的马路上,待在钢筋水泥架构的空间里,闻不到泥巴的气息,自然也就没有了对泥巴亲厚的感情。偶有走进乡村的机会,也大多带着鄙薄的神态去藐视泥巴和沾满泥巴的农民。

现在我们越来越不想着成为像泥巴一样的人了,我们把自己拾掇得一尘不染,干净得要命——

城市里的孩子是不会摔泥巴的!

渔民、父亲、我

我出生在东海边的一个小镇，小镇的居民大多是渔民。

渔民生性豪爽热情。我在城市里工作，偶尔有老家的亲戚朋友来，对我家的小碗小碟感到很惊讶，我还要被善意地嘲讽一番。小镇上的人家都是用大瓷碗盛饭，用大水碗盛汤，招待亲戚朋友，常是一大碗长寿面，各色海鲜叠得像个小山丘，上面还盘上些蛋丝，撒上些葱花，大碗边上还有一小碟菜籽油炸过的姜末，给客人做调料，海边人不爱吃辣椒，这个调料也辣得过瘾。如果你到小镇上问个路，路人总是会很细心地告诉你怎么走，如果你还稍露出些难色，他就会索性带你走一段，直到你能找到目的地为止。

渔民嗜赌，好饮，好斗。小时候常看到一群人里三圈外三圈地围着押牌，抽两张，比大小，赞叹喝彩的有之，哀叹唾骂的也有之。押牌的地方有提供扑克牌的，有卖水果甘蔗的，俨然一个小集市。小时候放学时也常看到几个小年轻为一些事争执起来，涨红着脸，抡着拳头干上了，常打得脸上挂彩。中学时，两个同学吵起来，就约好放学后在哪个弄堂干一架，同学跟着去，也不劝架，干好后两人又和好如初了。

我总把这些习性的养成归之为渔民多舛的命运，渔民在风浪里穿梭，漂泊颠沛，觉得钱是赚的更是要花的，于是赌博便成了这群男人生命最血脉偾张的注脚，只要船老大一声令下，一群男人就拧开酒瓶，咕咚咕咚豪饮几口，仰天一吼船家号子，在风浪里开始拉网捕鱼，哪有比这更能张扬男性的雄勃，所以他们对金钱对生命也就表现得更轻率更挥霍更张狂。

我常觉得父亲是小镇渔民中最特殊的一个，或许是因为父亲要养活一个大家族的缘故吧，硬扛着生活重担的父亲显得格外谨慎和内敛，不苟言笑，他除了一张被海风浸染过的古铜色的脸让我确定这是十六岁就开始在大海里讨生活的老渔民，其余都很难跟渔民这一身份沾上边，他不好酒，不抽烟，爱看书，爱听戏，甚至他还晕船，每个休渔季结束后的那几次出海，他总是吐得脸庞清瘦地回港。

我也晕船，十五岁的时候，父亲带我上了他的渔船到海岛另一端的油库去加油，渔船一出港，船头就被风浪推得高高地仰起，然后迅速地重重拍下，船的两边溅开了雪白的浪花。整艘船一颠一簸，我就开始呕吐起来，父亲要我看着远处的海岛和天空中掠过的海鸥，说这样会分散注意力。我听到这时他和别的船员说，这个孩子也不是当渔民的料。我真的没有变成一个渔民，哥也没有。

后来，近海的鱼越来越少，小镇的渔民也越来越多地上岸做起了另外的营生，一些渔民背着鱼干虾仁到外地去跑业务，小镇开始有了车床轰轰的声响，可父亲还是坚持着出海回港，每次带回一筐筐各色的鱼虾蟹，这时家里飘满了鲜味和香味，在我们几个孩子囫囵大吃的时候，父亲则静静地把渔船账目认真地结算一遍，然后工整地誊写在一个写着"毛主席语录"的红本子上。再后来，小镇仅有的一些渔船都被承包出去，捕鱼的很多操着普通话，尽是些外地来小镇打工的了。于是我们兄弟都劝父亲不要去捕鱼了，寡言的父亲沉默了很久，最后同意离开那艘已经开始斑驳的渔船。

可不久，我马上发现我们的坚持是错误的，父亲其实是无法离开大海的，他还是常避着家人和别的渔民一起驾着小舢板去下小网，捕到一些豆腐鱼、岩头蟹和硬壳虾，到小镇的农贸市场去卖掉。每次出海回家，父亲脸上总带着满足的微笑。我最终没能读懂父亲几十年与大海铸下的如桅杆一样坚定的情感。

老去的父亲和许多渔民一样守着那立在半山腰的石头屋，远眺大海，俯瞰小镇。现在回忆起来，父亲们就像一块块深褐色的礁石，固执、坚毅、不可动摇。

海水总是那么执拗地冲刷着海滩，海浪白天喧哗，夜晚呜咽。日子如沙滩上细细的流沙，平静祥和，小镇、小镇的渔民，还有我的父亲就这样在岁月里长满皱纹，沧桑老去——

这次回家，看到小镇的渔港里还停泊着一些渔船，依旧扬着三角形的大红旗，现在的渔船很大，都是铁壳的，不再有父亲下海时的木头渔船了，渔民也不用在每年的夏季给渔船填桐油灰刷深蓝色和绛红色的油漆了，妻子潜心研究的船画也已经消亡。岸边的小舢板也换上了机器，马达突突地响，拖着黑黑的烟。

渔港边是父亲的坟墓，那是在父亲去世时，我执意要选的地方，父亲就这样长眠在大海边，孤独而桀骜地看着潮起潮落。

海风凛冽地刮过墓旁一株不知名的树，无叶，枝干硬硬地伸向大海。

夏夜里,那一穗宋朝的灯花

黄梅时节家家雨,
青草池塘处处蛙。
有约不来过夜半,
闲敲棋子落灯花。

人生百岁,苍茫如烟

今天读北宋词人王观的词。王观的词最为人熟知的莫过于那首《卜算子·送鲍浩然之浙东》:

水是眼波横,山是眉峰聚。欲问行人去那边?眉眼盈盈处。才始送春归,又送君归去。若到江南赶上春,千万和春住。

——古人好以春山秋水譬喻女子眉眼,形容女子容颜之美,王观则反其意而为之,说水是眼波横流、山是眉峰攒聚,化无情水山为有情眼眉,使原本不预人事的山水也介入送别的场面,为友人的离去而动容。整首词情思婉转而清新,格调新丽而轻狂。

我还很喜欢王观的另一首很少有人关注的词——《红芍药》：

人生百岁，七十稀少。更除十年孩童小。又十年昏老。都来五十载，一半被、睡魔分了。那二十五载之中，宁无些个烦恼。仔细思量，好追欢及早。遇酒追朋笑傲。任玉山摧倒。沉醉且沉醉，人生似、露垂芳草。幸新来、有酒如渑，结千秋歌笑。

词意人生短暂，从而提出人生应及早追欢，意旨有些消沉，且尽为俚语，这可能是世人不堪语及之故，所以不得广为传播。

然而，细细想来，宇宙永恒，人生苦短，"生年不满百，常怀千岁忧"。王观细数光阴，人生只有短短二十五载的有效生命，而且这短短二十五载的有效生命还要承载各色烦恼、各类痛苦、各种天灾人祸，面对林林总总的"古难全"之事，短暂人生情何以堪！王观和"在川上曰"的孔子、"念天地之悠悠"的陈子昂等人一样有了生命的紧迫感，但他没有寻找到超越苦短生命的终极答案，而是按照自己的逻辑得出人生要"追欢及早"，要及时行乐，这个答案在正统的价值体系里显得很消极——当然关于"苦难"，我们并不一定非要得出积极的答案。

儒家以为"苦难"乃天命，人们对于天命，唯有顺之，顺之即主之。"天命，即天道流行而赋予物者也，乃事物所以当然只故也。知此则知极其精，而不惑又不足言矣。"（宋·朱熹

《四书集注·论语》）佛家认为这是宿业成熟，唯有甘心受之，甚至欢喜受之。"情能终局，欢娱皆系前尘；恨少收场，苦恼多由宿业。"（清·陈守诒《〈香祖楼〉后序》）在基督教教义里，认为苦难本是人生一部分，透过苦难，能真正感受到上帝的存在与慈爱。"在世上你们有苦难；但你们可以放心，我已经胜了世界。"（约翰福音16：33）——这是耶稣在上十字架的前夕，劝慰他门徒的话。

　　我想，苦难存在是一种必然。现代作家周国平说过："一个人只要真正领略了平常苦难中的绝望，他就会明白，一切美化苦难的言辞是多么浮夸，一切炫耀苦难的姿态是多么做作。"苦难可以产生意义，但是苦难本身还不足以有意义——苦难，始终是不受欢迎的，人而为人，不是为了追求苦难的。一些人倡扬"享受苦难"，在我看来，很是矫情，因为他们夸饰了苦难的意义。

　　尼采说：没有了痛苦，就只剩下卑微的幸福。现实人生告诉我们，我们尽管不欢迎苦难，但无法回避苦难。下一个问题就产生了，既然我们无法回避，那么就要直面苦难。这个世界不会是完美的，对于生活唯一积极的立场就是充满勇气地面对它。直面苦难，才使苦难产生了意义。所以，我们当然可以在幸福时光里尽情歌颂欢乐，但永不可能忘却曾经于苦难中流泪、在困厄中挣扎的记忆。在笑容的底下，压藏的正是潜意识里那不言而喻的苦难痕迹；是彼时折磨之苦，映衬了此刻安稳之乐。

　　我有时想，这个世界在本原意义上就应该存在"人生苦乐守恒定律",生命就是能量交变、转化动态守恒,喜与忧,乐与悲,生与死,应该是守恒的,这就是道家的阴阳之道,儒家的天之命理。

如果真如我所言,宇宙存在"人生苦乐守恒定律",那么我想,从某一种意义上说,人生本身也没有意义,恪守天道,自觉守恒,平衡心灵才使苦难有了意义,进而使人生有了意义。

"往事越千年,人生弹指间",每个人的经历不一样,有苦涩的眼泪,有放歌的笑声,每个人都要认真地过好每一天,幸福也好,苦难也罢,只有这样,短暂的人生才能有一道或雄浑或旖旎的风景,那风景里有纯情少年如春的洁净无瑕,有风华青年如夏的激流奔放,有成熟中年如秋的广袤沉思,有天命老者如冬的夕阳晚照。

明月出天山,苍茫云海间,多少颠簸苦,一望隔水天,看着眼波横,望着眉峰聚,人生到百岁,了却烟雨事。

采一株车前草

那该是一个和丽的初夏清晨吧。一泓山泉潺潺不息,轻快欢脱,阳光明亮通透,洒在大地上,刚翻锄过的田野弥漫着泥土的气息。

那该是扎着头巾的少女少妇吧,她们三五结伴,弓着腰,俯着身,婀娜着身躯,笑语明媚于红花碧草中。

那该是一双双柔腻如凝脂的手吧,是那么轻盈地在草野里穿梭,采之捋之,手中已是满满的一把了,那就撩起衣襟来兜吧,袺之襭之,衣襟也是盈盈的……

——几千年了,这清新的音韵、这灵动的动作、这鲜明的节奏,总是在那个绿肥红瘦的时节里,在一汪清溪里自然地招摇。

采采芣苢,薄言采之。

采采芣苢,薄言有之。

采采芣苢,薄言掇之。

采采芣苢,薄言捋之。

采采芣苢,薄言袺之。

采采芣苢,薄言襭之。

这是一幅多么优美而又清新的田园拾菜讴歌图,田家妇女,边采边唱,群歌互答,自然生动,涵泳从容。

这是一首多么动听的劳动之歌啊!一咏三叠,动作传神,声韵传情,不着乐字,却尽得风流。这散发着泥土和青草的芳香的歌谣,至今依旧在青山绿水间萦绕。

然而,"芣苢"这个像姐妹花一样动听的名字却很少为人所知,人们记住的是它另一个卑贱的称呼——车前草。

为何叫"车前草"?民间有关这个名字出处的版本有很多,有说是禹王治水时发现的,有说是西汉霍去病命名的,也有说是东汉马武命名的。情节多雷同,基本是百姓或将士遇旱遇灾,人马困顿,湿热尿血,最后依凭车前草得以拯救,故事的主人公发现草长于马车之前,于是随口而出:"车前草。"闾巷口耳,无从考据,其实谁命名不重要,重要的是因此车前草就从《诗经》典籍走到了碌碌凡尘,名字卑微了,可价值凸显出来了,灵魂尊贵起来了。

车前草的叶片丛生于根部,呈椭圆形,条状叶脉清晰,每一株车前草宛若开在地上的绿色花朵，优雅的叶片拱护着穗状花序，穗上有细密的花朵，或月白，或浅绿，或淡紫，星星点点的没有花样，结出的蒴果小得可怜。放大镜下观察，呈稍扁的长圆形，或类三角形，颜色从棕至棕黑，背面微隆，腹面平坦，凹陷的种脐为黑灰色。一条种穗上，种子大约上百粒，每棵至少四五条种穗。

《诗经》里少女田妇乐于"采采芣苢"，估计是因为车前草寓意多子多福，有益妇女怀孕，别的药用价值则在其次。《毛传》曰："芣苢：车前，宜怀妊焉。"又曰："和平则妇人乐有子矣。"中古以后，车前草似乎就走出了诗词歌赋，文人们淡漠了那株在《诗经》里勃发的小草，而另一端，车前草的药用价值得到发掘和凸显。为民众解饥馑、为生灵疗病疾的车前草，千百年来生机勃勃地长在荒野阡陌，在药罐中熬制成汤，被送到病榻前，让已入膏肓者起死回生。而诗人们只有切身感受到车前草的药用价值时才惜墨如金地赞赏几句，唐代诗人张籍，就用车前草疗好了目疾，为此留有诗作《答开州韦使君寄车前子》："开州午日车前子，作药人皆道有神。惭愧使君怜病眼，三千余里寄闲人。"宋代官至枢密副使的欧阳修，曾患急性痢疾，群医无策，御医却步，其夫人幸得一民间秘方，即以车前草的籽实研末，米汤饮服，奇迹般治好了病症。最早将车前子记录进医案的是汉代《神农本草经》，从此，车前草被列为药中上品。

或许是因为太过卑贱，在风花雪月的诗词华章里难寻踪迹。

唯其如此，韩愈的那首《游城南十六首·题于宾客庄》就愈显难得了："榆荚车前盖地皮，蔷薇蘸水笋穿篱。马蹄无入朱门迹，纵使春归可得知。"韩愈的诗，以力大思雄、硬语盘空、纵横奇崛著称，而这一首，却写来清新自然，意境独造，恰如一幅水墨画，虽是晚春，繁花已谢，可画面中的车前草依然洋溢着勃勃生机。

现在，原野被异化为落后粗俗的代名词，城市化推进就是楼房的立起、道路的硬化，就是水和土地的流失。美国诗人惠特曼说，哪里有水和土地，哪里就长着青草。长着青草的地方就该会有车前草，身矮贴地的车前草依然在那阡陌间扎根繁衍，坦然而安详，饥能食，病能医，平凡而不平庸。我相信，当人们厌倦了城市化的繁荣与拥挤，重返清新广阔的大自然时，就会惊喜发现绿铺原野的车前草。那首古老的歌谣，就又会回荡在人们的耳畔：采采芣苢，薄言采之；采采芣苢，薄言有之……

入秋后，天干气燥。想起小时候，每每我有喉咙干痛或暑湿泻痢，我那裹着小脚的老奶奶都会到后山上去采几株车前草（老家叫"蛤蟆衣"，这个称呼更是低贱），熬汤给我喝。现在，老奶奶已经风烛残年，卧病在床，每次回家，贴着耳际告诉她，她才知道是远在外地的孙子回来了，浊眼里流出一丝欣悦，额头的皱纹如车前草的叶脉舒展开去……

究竟还有哪些事要我们原谅
——读木心的《杰克逊高地》

杰克逊高地

五月将尽
连日强光普照
一路一路树荫
呆滞到傍晚
红胸鸟在电线上啭鸣
天色舒齐地暗下来
那是慢慢地,很慢
绿叶藂间的白屋
夕阳射亮玻璃
草坪湿透,还在洒

蓝紫鸢尾花一味梦幻
都相约暗下，暗下
清晰，和蔼，委婉
不知原谅什么
诚觉世事尽可原谅

"五月将尽"，预示着什么呢？春天终是要过去，绿肥红瘦，暑气开始旺盛，"连日强光普照"，春日潮气被蒸发，有些闷热。当目光穿过"一路一路树荫"，蓦然惊觉，季节已更迭，光阴在流逝。时光太美，如花绽放，却来不及撷取；岁月悠长，脚步翩然，却来不及追随。抒情主人公"呆滞到傍晚"，想了很多，其实又似乎什么都没想，就这样看着持续静默的树影被越拉越长。被世俗洪流裹挟着前行的人是最需要这种"呆滞"姿态的，可以什么都想，可以什么都不想，这样才会意识到自我的存在，才会感受到自然的律动。

一缕凉风轻吹，让这样静谧的黄昏有了些许动感，远山被风吹得更远了。太阳爬上山腰，又费力地抵达山顶，然后颓然地滚下山的背面去了。这时，山脊被镀上了一道金色，周遭一切渐渐地暗去，山脊的金边越发显得明亮，越来越窄，像是镶上去似的。路上的树影也渐渐没了痕迹，空气里和着一丝青草和泥土的涩味，四周安静、恬然。偶尔有一声清脆的鸟鸣绕过林间，爬上了树梢之上的电线，抒情主人公抬眼，看到的正是在电线上悠然跳跃的红胸鸟。

心思轻举，如云无意。还来不及细细品咂这一切，天色就暗了下来，黄昏的步伐流畅又齐一，这暗落的力度均匀又轻柔，这过程是"慢慢地，很慢"的。黄昏的光线是极富层次感的，夕阳映在景物身上，景物明暗不一，房屋青白，玻璃透亮，草坪柔和，似乎有了一层薄薄的水雾，因而罩着朦胧的光晕。光线依旧远远地如水般洒落，鸢尾花的蓝紫色是最富有梦幻色彩的颜色……

"相约"暗下来的景物，有些落寞，这时是最能勾起归家的念想的，思念如夕阳的光线纷纷地"洒落"着，也似黑色的天幕笼罩着。这时候有了些许凉意，抒情主人公打了一个冷战。不禁想起江南水乡的夏日黄昏，咿呀咿呀的摇橹声、浣纱女临河捣衣声，自阴影处传来，那是最能触动心头柔弦的声响。景物的形态随着光线变动而变动，情感触角细腻而敏感的抒情主人公自然因之动容，心底淌过阵阵宁静的满足，柔软的、温暖的。他纤细地感受到了这一时刻的美好。

五月一个漫长的黄昏，他在时间里对世界静静的、细细的体察，非常"清晰，和蔼，委婉"。世界的美与善也因此泛滥开去，成了一片汪洋。天色已暗，被美与善包裹的一切却又是那么的透亮。如此，还有什么需要原谅呢，什么都是可以原谅的呀！

木心，1927年2月14日出生，浙江乌镇人，逝世于2011年12月21日。木心先生毕业于上海美专，师从刘海粟、林风眠。1971年被捕入狱，囚禁十八个月，所有作品皆被烧毁，三根手指惨遭折断。狱中,木心用写"坦白书"的纸笔写出了洋洋六十五万言的狱中笔记,手绘钢琴的黑白琴键无声地"弹奏"莫扎特与巴赫。1977年至1979年,又遭遇软禁。1982年起寓居美国纽约,从此跟体制内很少接触。画作被大英博物馆收藏,是20世纪的中国画家中第一位有作品被该馆收藏的。

木心是受过时代磨难之人。在陈丹青看来,木心不肯放过文学,劫难也不曾放过他,但没人知道,也很难体会到,他是怎样实践了尼采的那句话——"在自己的身上,克服了这个时代。"他曾绝望投海,被追兵捞起后投进监狱。他自杀过一次,又想通了。"平常日子我会想自杀,'文革'以来,决不死,回家把自己养得好好的。我尊重阿赫玛托娃,强者尊重强者。"——是艺术让他熬过最艰难的岁月。平时只知艺术使人柔情如水,浩劫临头,才知道艺术也会使人坚韧如金刚石。他说,文学是他的信仰,这信仰护佑他渡过劫难,"一字一字地救出自己"。

对于自己的磨难,木心在文章里从未控诉或回忆,只留下一句淡淡的俳句"我白天是奴隶,晚上是王子",以及一句感慨"诚觉世事尽可原谅"。作为读者,我深深着迷于这种慈悲的诗境与心境,这种境地是何等的安宁与吉祥!

世间仍然是有这么多的不足与缺憾,这么多的悲伤与苦难。人世险恶,只有穿越过荆棘沟壑、刀山火海,方能淡泊超然。回首看这一切,都可以包容,都可以原谅,因为我们本质上是如太虚一般的存在,我们的心量如虚空,轻轻涵容着三界的一切,好的,不好的,都在我们里面,这里只有纯粹的爱,没有一丝丝的拒斥。

木心做到了。

木心也没做到。

2011年秋,木心昏迷前两个月,贝聿铭的弟子去乌镇,与他商议如何设计他的美术馆。木心笑说:"贝先生一生的各个阶段,都是对的;我一生的各个阶段,全是错的。"木心临终前,陷入了谵妄,时常认不出人,也说不出有条理的话。他对陈丹青说:"你转告他们,不要抓我……把一个人单独囚禁,剥夺他的自由,非常痛苦的……"——摆脱心里的枷锁是多么难的事啊!

"我一生的各个阶段,全是错的。"——这是木心对自己一生的总结。——他还是纠结于人世的对与错。人,为什么而活?说到底,人活的还是一个心境。你若盛开,清风自来;心里阳光明媚,天空就总是湛蓝。说是容易,可真有几人能完成自我的救赎呢?

冰心先生曾说过:"爱在左,同情在右,走在道路的两旁,随时撒种,随时开花,将这一径长途点缀得香花弥漫,使穿枝拂叶的行人,踏着荆棘,不觉得痛苦,有泪可落,却不是悲凉!"再次触摸字里行间这种淡淡的微笑和满满的祝福,让人落泪。救赎未必是哲学宗教能给予的,有时是文学,是艺术,文学艺术里有上帝,有时是一个五月的黄昏,是自然,自然里有佛陀。我们总会为人世时空所羁绊,不能自已。

诚能如诗歌所言,在五月的一个黄昏,看着这世界春去夏至,花落叶茂,便觉得这个世界竟是如此美好,超越了所有的一切,便诚觉世事终可原谅,了无牵挂,心怀虚空,自由逍遥,这是很了不起的境界啊!

不辜霞光,勿负人生!只许今夜,唯诺明朝!心怀绵绵,诸多感慨,木心而已。

那一夜的失眠

"关"——一只雎鸠鸣叫着,"关"——另一只雎鸠在河之沙渚鸣叫着。

——这"关关"的叫声,我想应该类似于白居易《琵琶行》里的"间关"声吧,声声"间关"圆润饱满地敲打着耳鼓。

我们听了两千多年,从《诗经》听到唐诗,从宋词听到元曲——

我想,两千多年前那两只雎鸠应该是在夜阑人阒的时候鸣叫吧,不然这两只雎鸠的鸣叫为何如是清脆而厚实呢?

我想,那该是两只相恋难舍的鸟儿吧,不然就不会夜不归巢,还在月朗星稀的时候颉颃翻飞,追逐嬉戏,热情唱和。

我不知道这两只鸟儿是不是真如《毛传》和《禽经》所释的那样(《毛传》:"雎鸠,王雎也。"《尔雅·释鸟》:"鸥鸠,王鸠。"郭璞注:"雕类,今江东呼之为鹗,好在江渚山边食鱼。"《禽经》:"王雎,雎鸠,鱼鹰也。"),是两只并不太美的鱼鹰,但这无关紧要,关键的是雎鸠是"生有定偶而不相乱"的鸟儿,更关键的是这两只鸟儿在那个遥远的夜晚和鸣于河之洲上,而且那声声"关关"在乍暖还寒的春日给人一个激灵,在我们的先民们的心湖里泛起层层涟漪,然后我们的先民就开始"寤寐思服""辗转反侧"。

——我想,这该是我们民族的第一次失眠吧,美人如花隔云端,一个男人为一个采荇菜的"窈窕淑女"而失眠!——这是多么了不起的两只鸟儿,它们激活了我们这个民族温暖而湿润的情感。从此,我们就开始为一朵槛菊失眠,为几枝茱萸失眠,为细雨梧桐失眠,为雨打芭蕉失眠,为杜鹃啼血猿哀鸣失眠,为杨柳岸晓风残月失眠。

失眠的不仅仅是那个男子,那个姝静的女子,那个娴雅的女子,也夜不能寐,她或许也一样地"寤寐思服""辗转反侧",甚或走出闺阁,正立在沙洲上呢,娉娉婷婷的,披着一身月光,静静地看着月下的涣涣春水向东逝,那晚的月下河水银花跳跃,泛着迷人的光晕。她应该一钩蛾眉微蹙,一汪明眸善睐吧,风情万种的她顾盼生情,那一颦一笑就这样落入了隔岸的谦谦君子的眸子里,落入了他残破的梦里吧?

这是一条没有名字的河,河流上应该漂浮着参差不齐的紫红色荇菜,这是一条多么撩人的水啊!它就那么富有诗性地汩汩地流淌着,带着满满的浪漫情愫,带着鼓鼓的朦胧憧憬,带着沉沉的太息惆怅，坚定而执着地向东流逝。多少个辗转难眠、隔水相望的夜晚，漫天星斗皎皎明月都暗淡在这条因为思念、因为感伤、因为爱情而涨溢的春水里。

两千多年过去了，如果哪一天我也站在这条情河之畔，希望能看到那个宛在水中央的粉腮红润、秀眸惺忪的窈窕淑女，也希望能为她那从水面漂浮过来的盈盈香气、入鼻芬芳织一个落着浅笑的残梦，也希望能在那个碎银满地的夜晚，拾掇一地碎梦，寤寐思服，辗转反侧。

河还是那条河，弯弯曲曲，涟漪轻漾，古老的故事流到现在，在钢筋水泥筑成的堤坝上溅起冰冷的浪花，那段段美好的情愫被浪花打湿，沉淀在岁月的泥沙里。

多想让时光就停泊在《诗经》的水湄，袭一身淡淡的青草香，看到所谓伊人，宛在水中央，耳边又响起了"关关"和鸣……

> 关关雎鸠，在河之洲。窈窕淑女，君子好逑。
> 参差荇菜，左右流之。窈窕淑女，寤寐求之。
> 求之不得，寤寐思服。悠哉悠哉，辗转反侧。
> 参差荇菜，左右采之。窈窕淑女，琴瑟友之。
> 参差荇菜，左右芼之。窈窕淑女，钟鼓乐之。

秋日读《秋日》

瑞士瓦莱拉容西边有个叫菲斯普的小镇，小镇边幽谧的树林里有一块幽静的墓地，那是一座很普通的坟墓，矮矮的十字架前面，一簇簇红色的紫色的白色的不知名的小花开得很娇艳，十字架后面贴着墓碑种着一排绿色灌木，平滑的墓碑上写着：

Rose, oh reiner Widerspruch, Lust,
Niemandes Schlaf zu sein unter soviel
Lidern.
玫瑰，噢，纯粹的矛盾，欲愿，
是这许多眼睑下无人有过的
睡眠。

——坟墓里长眠着一位了不起的诗人——里尔克。墓志铭是诗人生前为自己所作的,我不知道里尔克为什么对玫瑰充满着那么"纯粹的矛盾",有人告诉我,因为里尔克死于白血病,据说是由于玫瑰针刺而感染,所以在墓志铭中提到了谋杀他的凶手——玫瑰。对这种说法,我不太能接受,我更相信诗人是因为受到了玫瑰(爱情)的伤害。

维基百科里是这样介绍里尔克的:"莱纳·马利亚·里尔克(Rainer Maria Rilke,1875年12月4日—1926年12月29日)是一位重要的德语诗人,除了创作德语诗歌外还撰写小说、剧本以及一些杂文和法语诗歌,其书信集也是里尔克文学作品的一个重要组成部分。对19世纪末的诗歌体裁和风格以及欧洲颓废派文学都有深厚的影响。"

我读里尔克是从一首题为《秋日》的诗歌开始的,这是一首被北岛赞美为"完美到几乎无懈可击的诗作"。北岛说,本来不打算把里尔克列入20世纪以来最重要的现代诗人的行列,但因为有这首《秋日》,里尔克还是被放了进来。一个优秀的诗人,有那么几首甚或一首诗就够了。

关于《秋日》,我看到过很多个译本,有冯至、程抱一、陈敬容、杨武能、李魁贤、绿原、欧凡、飞白翻译的,当然也有北岛翻译的,各有千秋,流传最广的是冯至的译本:

秋日

主啊!是时候了。夏日曾经很盛大。

把你的阴影落在日规上,
让秋风刮过田野。

让最后的果实长得丰满,
再给它们两天南方的气候,
迫使它们成熟,
把最后的甘甜酿入浓酒。

谁这时没有房屋,就不必建筑,
谁这时孤独,就永远孤独,
就醒着,读着,写着长信,
在林荫道上来回
不安地游荡,当着落叶纷飞。

——我以为这是《秋日》翻译最经典的版本。当然,现在很多人更喜欢北岛的译本:

主呵,是时候了。夏天盛极一时。
把你的阴影置于日暑上,
让风吹过牧场。

让枝头最后的果实饱满;
再给两天南方的好天气,

催它们成熟,把
最后的甘甜压进浓酒。

谁此时没有房子,就不必建造,
谁此时孤独,就永远孤独,
就醒来,读书,写长长的信,
在林荫路上不停地
徘徊,落叶纷飞。

  翻译不是译字,是要译意,译情,译气势,译作者用心处,翻译是两种文化的接触和碰撞的过程,所以不是简单地忠诚于原文,翻译的文字体现着译者的文学功底、学识涵养,所以,著名翻译家傅雷当年全职在家里专事翻译,呕心沥血,不过"日译千字"。

  冯至是"中国最为杰出的抒情诗人",曾在德国留学,深谙德国文学,他的诗歌调子柔曼,色彩明丽,音律活泼,他这一首译诗也有他的诗歌特征,而且还有一种博大与宽厚,还有一种宗教的崇高感。北岛翻译也如他创作的诗歌一样,有一种"冷抒情",舒缓、平实、真切、单纯。因此从文字和意象上,两人各有千秋。比较下来,我觉得诗歌的后面部分,北岛的翻译更加流利顺畅一点。

  《秋日》采用推进式的阶梯结构,是诗人刻意布局的。短短的十二行诗,带我们进入一个充满庄严感的语境,在这个语境中，我们和上帝对话，诗人向上帝倾诉:"主啊!是时候了。夏日曾经很盛大。/把你的阴影落在日规上,/让秋风刮过田野。/让最后的果实长得丰满,/再给它们两天南方的气候,/迫使它们成熟,/把最后的甘甜酿入浓酒。"

诗人向上帝倾诉什么?"是时候了",阳盛至极的夏天终将过去,因为有"是时候了"的铺垫,让人感觉到骄横一时的夏天马上就要过去了,"你的阴影"在日晷上拉得好长好长,孤寂就这样被延伸到秋日的牧场上,原野上牧草在秋风中瑟瑟地摇曳。果实累累的繁华下,是生命的从容律动,让那充裕的阳光催熟那饱满的果实,让饱满的果实酿一窖的甘甜,让岁月坚毅地完成这样成熟的蜕变。

——那是溢满果子香麦子香浓酒香阳光香的倾诉,上帝看到了向日葵在秋风中饱满地张望,于是他用略带苍凉的声音回应:"谁此时没有房子,就不必建造,/谁此时孤独,就永远孤独,/就醒来,读书,写长长的信,/在林荫路上不停地/徘徊,落叶纷飞。"秋日是丰满的,如果你还是那么的贫瘠——不管是物质层面的"没有房子"还是精神层面的"孤独",那么就毅然地选择"贫瘠",让自己流浪,瘦成一个诗人,孤独,醒来,读书,写信——孤独,孤独地彻夜难寐,醒来,醒来听秋风轻叩寒窗,读书,读那岁月悠悠情无踪,写信,写尽怀抱相思一杯酒。然后在一个秋露未凝的早晨,清瘦的诗人踏在红的黄的落叶上,在林荫路上走出了一段窸窸窣窣的韵脚,而"我",开始学会在一个秋日里平静地享受孤独,做悠长的梦,读安静的书,写想念的信。织一个忧伤而美丽的梦境，在那宁静的心湖里孤独地荡漾着。

——读《秋日》，真是感叹原来语言居然可以丰盈到如是之极致！

诗歌是里尔克1902年9月21日在巴黎写的，那年他年仅二十七岁。二十七岁的诗人却很自觉地用双手试图去握住生命中或饱满或荒凉的岁月，过早成熟的诗人感到人生如一场倾城盛宴，浓妆艳抹着登场，又奢华低调着落幕。在一个静谧的秋天夜晚，许多人、许多事、许多曾经花发满枝的渴求与憧憬，依然在岁月的长河中缓缓流过，又默默回溯。那个"谁这时孤独，就永远孤独"的落叶翻飞的秋日，里尔克一生都在孤独地寻找与漂泊，一生都在秋日里等待与漫游。品读秋日的心情文字，诗人或多或少都透出淡淡的忧郁和沉重，还有一份无端的惆怅和惶惑。

——这一份无端的惆怅和惶惑一直陪伴着里尔克长眠于兹，静静地看着一地的花荣与草枯。

又记起里尔克的一首诗歌《坟墓》：

> 沉睡在小径深处，
> 在石板下，温柔的孩子；
> 我们将唱起夏天的歌
> 环绕你的休憩。

如果有一只白鸽
正从高空飞过，
那我就在你的坟上
只献上它降落的影子。

——我想，我会选一个晨露未干的秋日清晨，在诗人沉睡的小径上，看着一只羽毛整洁闪亮的白鸽在天空掠过，咕噜噜地叫醒整个世界，然后为诗人唱一首夏天的歌……

声声慢

——读木心诗歌《从前慢》

木心有一首诗歌《从前慢》:

记得早先少年时
大家诚诚恳恳
说一句是一句

清早上火车站
长街黑暗无行人
卖豆浆的小店冒着热气

从前的日色变得慢
车、马、邮件都慢

一生只够爱一个人

从前的锁也好看
钥匙精美有样子
你锁了人家就懂了

——这是一首意蕴隽永的短诗。诗人感受到现实生活的快节奏，所以自然念起"从前慢"。

时间是一把过滤器，容易把曾经许多不愉快的都过滤掉，而不愉快的往往是焦躁的、紧张的，"痛"与"快"总是相连的，只有舒心的才是缓慢的。木心回望过去，其实已经介入了一种感伤的情感机理，或者还带有诸如朱自清的那种"匆匆"的感受、对于日子和光阴的那种别样的怜惜意味。

所谓"早先少年时"，即正值青葱岁月。少年是多么单纯，那么诚实，"说一句是一句"。"火车站""长街""小店"给人以特别强烈而细腻的画面感，这该是古色古香的江南小镇写意，如诗人的故乡乌镇。清晨穿过长街小店上火车站干吗？或许是因为一个来自远方的约定，等候一个承诺的兑现。守着光阴，数着车与马，等候邮差能带给年轻的心儿一个惊喜，焦灼的等待中，日光走得缓慢而从容。

慢，更多是一种时间积攒出来的沉香，就像一种陈年老酒的沉醉。

"一生只够爱一个人"，诗人对美好的光阴进行反刍，甜美开始发酵。慢慢地爱,长长地爱,爱得单一,爱得真挚,爱得永恒。此诗最能撩拨读者心弦的就是那最后一句:"从前的锁也好看,钥匙精美有样子,你锁了,人家就懂了。"锁匙好看而精美,这儿不是强调它的实用功能,而是强调它的象征意义、审美存在。精美的锁匙象征着纯粹的君子之礼,可以意示主人不在家,或许访者有些失落,但端详那一把精美的铜锁也是一种满足。当然,更深层的意味是,锁匙精美,一锁一人,一匙一友,交匙托心,看准了懂珍惜,锁住了情分,也就明白了一生,就像黑暗长街的豆浆店,准时开张,无限温暖。

一心只够紧紧地锁一个人!一生只够暖暖地爱一个人!

"慢、一生、爱一个人"则传达了这样一种情绪——因为爱,所以"慢",此亦是对"永恒"的一种清晰注脚。最爱那"锁与钥匙"的美丽比喻,是两情相知,是爱与理解。其中这个"懂"字更值得玩味。涵泳之下,优雅、宁静、诚挚、庄重、满足的感觉都带了出来。

陶渊明在《桃花源记》里说:"林尽水源,便得一山,……有良田美池桑竹之属,阡陌交通,鸡犬相闻。"林语堂在《生活的艺术》里说:"让我和草木为友,和土壤相亲,我便已觉得心满意足。我的灵魂很舒服地在泥土里蠕动,觉得很快乐。当一个人悠闲陶醉于土地上时,他的心灵似乎那么轻松,好像是在天堂一般。事实上,他那六尺之躯,何尝离开土壤一寸一分呢?"

——贴近自然的慢节奏生活代表了一种恬淡、一种信任,一种坚执、一种满足。

约翰·列侬曾说："当我们正在为生活疲于奔命的时候，生活已经离我们而去。"现实的物欲洪流裹挟着人们前行，所以正如前文所言，我从诗歌平仄字句里读出了生活在物质世界里的诗人淡淡而绵长的忧伤。诺贝尔文学奖获得者、著名作家米兰·昆德拉曾在书中提问："慢的乐趣怎么失传了呢？"他感慨道："古时候闲荡的人到哪里去啦？民歌小调中游手好闲的英雄，漫游各地磨坊、在露天过夜的流浪汉，都到哪里去啦？他们随着乡间小道、草原、林间空地和大自然一起消失了吗？"——"慢"是过去式，美好的是过去式，诗人只能无奈地选择歌德一样的表达方式："你真美啊，请停一停！"——这正折射出诗人对留住他心中这种美好的慢世界的一种渴望。

然而过去的终究还是过去了，"零落成泥碾作尘，只有香如故"。这种"伤逝"的心境，古今同构，千秋同悲，被"快报""快递""快车""高铁""快照""闪婚""速食""秒杀"等词语包裹着的现代人体味更是强烈。

我们什么时候才能走进"现在慢"呢？学会用双眼端详一粒种子的发芽、一个蚕蛹的蜕变、一朵鲜花的绽放；学会用双耳聆听鸟的唧啾、花草的瓣颤、清风的呼吸；学会用双足双手去丈量菜花金黄的田埂，去触碰田野里沉甸甸的麦穗……

从前慢，声声慢——

素手挣红尘，静心观世俗
——读琦君散文集《素心笺》

夏日，蝉虫聒噪。

我在家里长长的书架上很容易地找到了琦君的散文集《素心笺》。封面是几朵绽放的紫色兰花，淡雅的封面插图和"素心笺"这个清丽出尘的名字明媚在我的眼前，清新典雅。在夏日读这样一本书，宛若品一杯江南的龙井茶，真可以摒弃烦躁，让心归于宁静。

作者琦君是现当代台湾著名的女作家，是一个生于江南长于他乡的温婉女子。她1917年7月24日生于温州的瓯海瞿溪乡，原名潘希珍，又名潘希真，小名春英，十四岁就读于教会中学，后就读于之江大学国文系，1949年赴台湾，在司法部门工作了二十六年，并任台湾"中国文化学院""中央大学"中文系教授，后定居美国。2006年6月7日病逝于和信医院，享年九十岁。

尽管写过《橘子红了》（该小说曾被改编成电视剧）等小说，但琦君的名字总是与台湾散文联结在一起，她的散文集最为大陆读者熟知的莫过于《桂花雨》和《细雨灯花落》。

《素心笺》是作家离世前（2004年）由重庆出版社出版的，书中精选了几十篇作者不同时期创作的优美散文，整本书收录的都是回忆性文章。

"梦里依稀慈母泪"。回忆母亲的"银行"、母亲的发髻、母亲的教导、母亲的金手表、母亲的小脚、母亲的菩提树、母亲炒的酸咸菜等。琐细的记叙里包蕴着琦君蕴藉温婉的情愫，回忆里有浓浓的爱意，也带着难以排遣的空落。

身为"师长"第一夫人的母亲恪守妇礼，丈夫纳妾娶小，使得这位"乡下女人"情感上饱受打击，可虔诚信佛的母亲的人性并没有被扭曲，她慈悲为怀，颇显释家气度。母亲的苦难屈辱让人同情，母亲的温和包容更让人敬佩，因为苦难屈辱中越发能让人感到母亲坚忍的性格，让人感到母爱的广博伟大。而在琦君的回忆里，有对父亲和姨娘的怨怼，但浮云聚散，往事幽微，这种怨怼如一缕青烟，缥缈而不纠结。

"水是故乡甜"。琦君回忆故乡的人——阿标叔、萧琴公、桥头阿公；故乡的物件——金手镯、玉兰酥、旧睡袍、绣花、柚子碗；故乡的节令习俗——过年分红包穿新衣，拜神，送年糕，大人话家常，小孩玩家家，正月十五烟火连天，戏台高搭，过大桥，跳加官，迎神，抬轿。故乡总是有很多带着浓浓稚嫩童趣的热闹与幸福：对零花钱和自制小玩具的小心翼翼，羡慕大人的衣服鞋袜，贪吃母亲做的糕点麦芽糖和腌制的萝卜咸菜，盼着还有母亲做的各种各样的好吃的东西。回忆里的那些人物都很平凡，物件也甚是普通，其余更是琐碎，但这些都在琦君细腻的文字里鲜活灵动。不管是对父亲的两位知己还是中学的地理老师，不管是对下人还是乞丐，琦君和母亲（也包括父亲、哥哥）都是那么尊敬并关爱他们，对一只被乡邻打死的小老虎，母女则椎心刺痛。母性是那么的慈爱，童心是那么的纯真无瑕，小琦君的这种慈悲素心，本于母亲，源于故乡。

每个人都有剪不断理还乱的故乡情结，不管琦君去了杭州、上海、台湾，还是海外，故乡始终是她的精神家园。在她心中，故乡水是最甜的，故乡月是最圆的，故乡的人是最亲的。团圆饼、桂花茶甚至菜干也是故乡的母亲做的最好吃，她怀念放在故乡床头的葡萄干、破旧的布偶、弹珠、纸花，隔壁的阿公阿婆给的糖果，擦的发油，帮母亲梳过头的那把木梳，走过的木桥，和同伴嬉戏的树下，夏夜和母亲喝茶的木桌，被长辈训斥的话，和罚站面对的那堵墙，生病时候母亲准备的那碗甜汤、那颗梨、那颗哄人的糖——故乡的温暖就存在于琐细的事物中，故乡的感动就在于繁杂的人际中。读琦君的这些散文，感受到浓郁的东方情韵，文字里充满着中国特有的浓厚伦理色彩，每一章节都散溢着人伦亲情的温馨和祥和。

有人说，看琦君的文章就好像翻阅一本旧相簿，一张张泛黄了的相片都承载着如许沉厚的记忆与怀念，时间是上个世纪的前半段，地点是作者魂牵梦萦的江南。这段话评价《素心笺》也是很妥帖的。

有人从生活的时代去评价琦君散文，认为琦君在为逝去的一个时代造像，那一幅幅的影像，都在诉说着基调相同的古老故事：温馨中透着幽幽的怆痛。1949年的大迁徙，使得渡海去台的大陆作家都遭罹了一番"失乐园"的痛楚，思乡怀旧便很自然地成为他们主要的写作题材了。——这个分析也很有见地，琦君的记忆，是淡淡的，似素心兰开，白净淡然，回忆里有淡淡哀伤、切切思念，可以说，正是这种背井流浪的失落，才使得琦君笔下的故乡充满诗话色彩，她师承宋词研究专家夏承焘，文里充满宋词式的委婉，行间流淌着古典意趣和韵致。

如果说，林海音写活了老北京的"城南旧事"，而琦君在《素心笺》里则写活了老永嘉的"故乡旧事"。

素心如笺，染了淡淡的岁月沧桑，在一个个关乎童年记忆的故事里晕染开来，成了一朵一朵似花非花的墨痕。琦君的散文是那样的淡雅肃静，读着读着就被她的祥和宁静所征服，像在嚼着一颗颗青橄榄，滋味慢慢释放出来。夏志清、杨牧认为琦君的散文在很多方面超过朱自清和冰心，这固然有待商榷，但当下读琦君会被她笔端的祥和与宁静以及浑厚和温馨的情怀所征服，确实能消除人身上的戾气和躁气，正如楼肇明先生的序言所言"化戾气为祥和""转烦恼为菩提"，我觉得尤其是孩子们，更要多读，无需教条，伦理自明。

读罢《素心笺》，窗外飘逸进一缕桂花香，又到"一层秋雨一层凉,一瓣落花一脉香"的时候,很能勾人思乡情愫。想起琦君曾写过一篇文质兼美的散文——《故乡的桂花雨》,回忆童年故乡永嘉的摇花之乐。淡淡的风,淡淡的雨,淡淡的秋意流年去,花雨落下成追忆,打湿红尘又一秋。

梦里的故乡在哪里流浪?

素手掸红尘,静心观世俗。

细雨湿流光,芳草年年与恨长

回念起林徽因,很自然地想到了金岳霖先生,了解金岳霖最早是读汪曾祺先生的《金岳霖先生》一文,文章不长,用漫画式的笔触从外貌、教学、生活、性情等方面,从外到内、由形及神地写出了金岳霖的"有趣"。可是,在汪曾祺先生幽默风趣的文字背后,我还是品到了淡淡的苦味。

吕冀平先生在张中行先生的《负暄琐话》的序言里有一言:"作者对他所谈的人和事倾注了那么深沉的感情,而表现出来的却又是那样的冲淡隽永。我们常常能够从这冲淡隽永中咀嚼出一种苦味,连不时出现的幽默里也有这种苦味。这苦味大概是对那些已成广陵散的美好的人、美好的事的感伤,也是对未来的人、未来的事虔诚而殷切的期待。"读《金岳霖先生》也读出了类似的人生况味。

金岳霖先生人生的这份"苦味"更多的是源于对一份纯真而又酸涩的感情。金岳霖先生对林徽因终其一生的真情，确实感人肺腑，金岳霖先生如一只鸟儿"择林而居"，后厅前庭，后院前院，我很难揣摩前院梁思成林徽因温柔缠绵，后院金岳霖先生在和一只公鸡独斟一樽时的心境，我不能不以极其世俗的思维去估量一个哲学大儒的特异感想。

可是，所有的情节都超乎了人们的想象，故事总是以一种很独特的方式演绎。

大约是1931年的一天，在与金岳霖长聊后，晚上，二十七岁的林徽因蛾眉紧锁，突然告诉梁思成：她同时爱上了两个人。沉思片刻，梁思成圆圆的黑框镜后的眼睛湿润了，他说，自己比不上老金（朋友们对金岳霖的昵称），她可以自由选择。说完，夫妻俩抱头痛哭。第二天，林徽因将梁思成的话告诉了金岳霖，金岳霖先生很平静地说："看来思成是真正爱你的，我不能去伤害一个爱你的人。我应该退出。"

——我突然觉得自己前面的揣摩不是世俗而是庸俗，大作家张洁在《林徽因》一书的序言里说："敢爱、能爱，特别是可爱的梁思成以其无与伦比的坚实基础与宏大结构（建筑术语）支撑关爱了林徽因的一生，却难得应有的立足之地！仿佛任公的儿子、徽因的丈夫才是其符号（当然，建筑学界业内人士自当别论）；这其中又因了徐志摩浪漫诗人的巨大阴影，梁思成免不了成了他人生生死死热恋中的一个陪衬！这就是最通俗、最流行的林徽因'读本'。因此，我们有理由特别关注张清平的

《林徽因》，冀望她的笔还一方历史的真实，让读者在林徽因们的精神风采里了悟今人的苍白。"是啊，臆造出许许多多有关林徽因的感情故事，是对梁思成先生的不敬，更是对林徽因的大不敬。

我想我该以绝对虔诚的态度去品读金岳霖先生对林徽因的那一段近乎圣洁的情感，有时我觉得那份情感如雪山上的莲花，金岳霖先生犹如一个苦行僧，顶礼膜拜。爱一个女人，就应该爱她所爱的一切，乃至于爱她爱的人和爱爱她的人。此后，终身未娶的"老金"就这么固守着自己坚贞的情感，并长期与梁家住在一起，像大哥（金比林大九岁）一样关爱林、梁全家。林、梁先后逝世，直至20世纪80年代，耄耋之年的金岳霖仍与梁、林的儿子梁从诫住在一起，视为己出。金岳霖先生一直把梁思成和林徽因看作自己一生中"最亲密的朋友"。

据说，在20世纪80年代初，福建的两位编辑为了编辑林徽因文集去采访金岳霖先生，但金岳霖先生久久不愿开口。编辑写道："我无法讲清当时他的表情，只能感觉到，半个世纪的情感风云在他的脸上急剧蒸腾翻滚。终于，他一字一顿地，毫不含糊地告诉我们：'我所有的话，都应该同她自己说，我不能说。'他停了一下，显得更加神圣与庄重，'我没有机会同她自己说的话，我不愿意说，也不愿意有这种话！'他说完，闭上眼，垂下头，沉默了。"

我想，那积蓄几十年的爱会是多么的厚重，如山之峻拔，如海之澎湃。

据说，在林徽因逝去多年后的一天，金岳霖先生广邀朋友在北京饭店聚会，在大家纳闷之际，他突然静静地说："今天是林徽因的生日！"满座皆惊，唏嘘良久。在这位著名哲学家、中国逻辑学奠基人的心底深处，竟珍藏着如此执着、隽永的感情，真是"孤独断肠人泣殇，尝尽无边相思苦。曾为红颜尽满怀，却料沧桑几轮回"。有人说，爱是一只蝴蝶结，把原本平淡无奇的日子包裹得好像一份礼物。我想，金岳霖先生一定是带着一份极其丰厚的礼物去见林徽因的。

空缱绻，说风流。爱，不是拥有，而是给予，这个世界有一份爱情绝不会像美丽容颜一样随岁月的流逝而褪色、消磨、老去。

我无意于比较徐志摩先生还有某某某先生和金岳霖先生对林徽因的情感，但每次读到金岳霖先生与林徽因的感情故事时，我内心的情感就开始发酵，所有温暖的柔软的思绪如人间四月天的柳絮纷纷扬扬。

清明念旧人，细雨湿流光，春水潺潺爱流短，芳草年年与恨长。

夏夜里,那一穗宋朝的灯花

　　南宋时永嘉出了个"鬼才",那就是"江湖诗派"的开创者赵师秀。赵氏仕途坎坷,晚年寓居钱塘,逝于临安,葬于西湖,据说是在葛岭,但我没去过。倒是读过他的一首诗歌《林逋墓下》:"梅花千树白,不是旧时村。倾我酤来酒,酹君仙去魂。短碑藤倚蔓,空冢竹行根。犹有归来鹤,清时欲与论。"如果赵师秀真葬于葛岭,我想诗魂缥缈,他和林逋隔一个里西湖对望,持觞赏梅,该是多美多雅的事啊!

　　这个永嘉才子最为人熟知的一首诗歌是《约客》:"黄梅时节家家雨,青草池塘处处蛙。有约不来过夜半,闲敲棋子落灯花。"诗歌摆脱了雕琢之习,明净自然,清丽可诵。中国诗歌强调"歌以咏志",所以诗歌往往表现大思想、大意愿和大感情,而像《约客》这样写小生活、抒小情感的诗歌特别能撩动我们的情感触角。

今夜又逢梅雨,在西湖边吟起这首诗歌,倒真很应景,一首短诗将夏夜浓缩成一段缱绻的感情、一段隽永的回忆,让人的思念从一张未开局的棋盘缠绕到那摇曳的油灯上,最后挂在那忽明忽暗的灯花上。

夏夜的窗外有密密匝匝淅淅沥沥的黄梅雨,有聒聒噪噪此起彼伏的蛙声,窗内有摇摇曳曳的灯,以及在那灯花上升腾起来的丝丝缕缕的情愫。这是属于赵师秀的夏夜,一个宋朝湿润的夏夜。

是否是那无止休的梅雨阻止了友人的脚步,浇灭了赴约的心情?是否是那如鼓的蛙声扰乱了多情诗人的心绪?诗人怨艾之情如那棋格四处蔓延。怨天?怨地?怨友人失约?那恼恼的情感就如断了线的风筝,似那飘远的柳絮,无根无脉,空落落的。

百无聊赖,"闲敲棋子落灯花","闲"却不闲。

漫漫雨夜,茫茫无奈,夜半时分,那一声声的"敲棋"声没来由地跌进他的心房,恼吧,怨吧,可竟然会恼得那么执着又坦然,竟然会怨得那么清淡,那么若无其事!

今夜,梅雨潺潺如注,窗外,蛙鼓声也是此起彼伏,不绝于耳。我不知道要约哪一个"客",赵师秀是多么希望友人风雨无阻,如期而至,和他一起举棋消愁,我却只能斟一杯香茗,让一缕幽香飘逸,邀请一穗宋朝的灯花,来照亮自己寂寞的夜空。

印象从文（一）

十年前，从着手写第一篇关于您的小说的论文开始，我就一直为一个问题所困惑：当您被扣上"桃红色的作家""清客文丐"的帽子时，到底是什么使您突发明澈的顿悟？这个问题至今未解，但我知道是这个顿悟浇熄了您这个"二十世纪最后一个浪漫派"燃烧于心的孤凄之火，从此您选择了尘封土埋。

大隐隐于市。北平城冬天清晨，地处午门的历史博物馆馆门吱呀开启，在五凤楼东边昏暗的大库房里，您开始用一块已经冻硬的黑抹布清理着灰扑扑的历史碎片。尘雾蒙蒙里，您以一个极世俗的形式维护生命的独立，硬是把这种沉默的姿态保持了将近三分之一个世纪。我相信那不是卑怯的退缩，而是无声的固守。这种沉默充溢着诗性，是悟彻哲学的沉默，是真正的"大道无言"。

这沉默，是大师——您的心灵牧歌！

"我和我的读者都行将老去"。六十年啊！多少行将老去的读者以聆听者的虔诚靠近漫江流碧的沅水，希望以这种方式穿越历史的层层雾霭，找到能构成您精神栖居之地的因素——爱、信仰、记忆抑或是某种别的东西，然而白浪如雪，涛声如雷，沅水不顾。伫立蒹葭苍苍的江头，遥望茫茫沅水东逝，思绪亦与江流如裙带飘逸。

披发行吟、仰天长问的屈子的悲怆一跃，使这条水开始负载了一副厚重的躯体和一颗升腾的诗魂，从此一段浩浩汤汤的沅水和一位形容枯槁的诗人也便成了众多文人精神仰止的永恒归宿。几千年后，我不知道脚下站着的是这条诗性之河的终点还是起点，但我能感觉到在中国人诗性凋零如枯叶时，楚西大地依旧滋润肥沃，中国文学在这里山峦起伏，竹翠林绿。

您是在一个尴尬的年代以一种另类的形态切入历史。"五四"高潮已完全消退，您以乡下人"认死理"的固执，自觉守护着已逐渐成为"浪漫"的启蒙主义，用一支笔来好好地保留一个浪漫派在20世纪生命取予的形式，结束那个时代的情感发炎症。您在北平城的胡同深处"窄而霉小斋"里完成了从军人到文人的蜕变，尽管您菜色消瘦，仍执拗依旧，可这个城市并没表现出应有的大度，它的拒绝使您产生了深深的文化自卑感，原有的外倾产生了退行。你蜷缩起原本舒展的人生触角，在一个一个忍饥挨饿的日子里，您遥念的是千年风尘万古如斯的巍巍悬棺，依山傍水古朴秀丽的茶峒边城，洄流之中扬篙荡桨的少年水手，河畔溪边采兰配芷的多情湘女，滩边涯际悲怆壮丽的森林号子，炊烟袅袅中沉沉缥缈的牛角……根底深沉、充满浪漫激情的楚西文化接纳并抚慰您流浪的心灵，使您的心理从自卑走向自尊。您遨游于五溪险滩之间，看渡船上的朝霞和落日，摘家园中绿树上的红橘，听一头黄牛被刀刺进喉中的叹息，赏险滩上奋力拼搏的船工们雕塑般的背影，闻土窑淋雨后放出的气味，同红着脸的翠翠在河边看水鸭子打架，听水手们毫无恶意的对骂。思想在彬彬有礼的古风里丰盈，情感在那条充满母性的河上蒸滤，您的文本是那凄怆的悲悯和美丽的梦想酿制的，所以甘醇如醴酪。您不仅使人看到一个民族历史文化的沉重和痼疾，也使人看到了一颗鲜活跳动的充满人文精神和人类关怀的"良心"，在凤凰市声喧阗里蕴蓄着您对民族文化心理的深层探讨以及民族性格的塑造这一宏大意旨。

　　大师，这就是大师！

　　失落的终极信仰和生命寄托"也许永远不回来了，也许明天回来"！您没有消极地等待，您要寻找延续生命的基石，努力摆渡自己，您的一生亦如您的文字一样充满"行到水穷处，坐看云起时"的恢宏诗意，尽管有困厄有沉默，可韵味依旧，平仄鲜明。

您自信地说:"照我思索,能理解我;照我思索,可认识人。"笨拙的我还是没能读懂您,更谈不上学会您醒悟人生的生命姿态。

辰河汤汤,灵湘溶溶,斯人斯文,谁之与从?

印象从文（二）

喜爱沈从文，是从读凌宇先生和金介甫先生的《沈从文传》开始的。读沈从文的小说时，更感到他是一个沉醉于诗情的作家，一条绵延千里的湘西水，维系着他的审美理想和人生寄托。他的文本构建了一个高度审美化的艺术世界，它较多地滤去了历史积淀下来的野蛮、原始与愚昧的因素，强化了乡村生活古朴、优雅的一面。这不是沈从文对生活的逃避，而是表明了他面对"正直素朴的人性美，几乎快要消失无余"的历史恐惧所做出的文化价值判断，他希望从乡野的粗砺精神中，找到一种遏止道德沦丧的武器，建构一种象征着民族精神的"优美、健康、自然而又不悖乎人情的人生形式"。

他是以一种和谐、圆融、静美的境地为自己的美学理想。文本总是表现出灵动、清奇、俊逸、秀婉、柔美的偏于古典审美的"牧歌田园诗"的诗性审美风格。朴素、淡雅的调子,舒缓、悠扬的节奏感,明澈、清纯的诗意,把富于诗意的山水风物与人事变故结合在一起,形成一种田园牧歌的情调,共同构成了湘西世界的诗意。文本的背景是"溪流如弓背""清澈透明"的小小山城,鸟语花香,青山翠竹;古朴的吊脚楼,耸立的小白塔,一脉清流相伴随……花自开来水自流,自然的生命季节循环不息。《边城》里一个摆渡老人、一个女孩子、一只黄狗和一只方头渡船,加上需要过渡的人货牛马,便构成了一个独立的湘西世界。这个世界,本身便是诗意盎然,与世隔绝,更增添了几分诗意的神秘。

河水,水上灰色的小船,黄昏将临时黑色的远山,黑色的树,仙人掌篱笆间缀网的长脚蜘蛛,半朽的垂柳,翠湖的猪耳莲,水手的歌声,画眉的鸣叫……都会使他强烈地感动,以致眼中含泪。诚如"美丽总是使人哀愁的"。沈从文有时是生活在梦里的。"夜梦极可怪。见一淡绿白合花,颈弱而花柔,花身略有斑点青渍,倚立门边微微动摇。在不可知地方好像有极熟习的声音在招呼:'你看看好,应当有一粒星子在花中。仔细看看。'于是伸手触之。花微抖,如有所怯。亦复微笑,如有所恃。因轻轻摇触那个花柄,花蒂,花瓣。近花处几片叶子全落了。如闻叹息,低而分明。"(见《生命》)

——这很难索解,但是写得多美!

但清醒如沈从文,在极力建构一个和现代都市文明相对立的、纯朴自然的田园世界的同时,又对这一世界的必然结局有着明晰的认识。在都市文明的扩张中，乡土田园最终必将淡出现代社会的文化视野，沈从文在《长河题记》中说："'现代'两字已经到了湘西。"这种认识使沈从文下意识地把一曲边城牧歌唱成了晚风夕照下的挽歌，化为了一个现代人对一种古老文明形态的深情回眸和无限感伤，"我感觉异常孤独"。因此，沈从文的湘西小说里总是流露着一份无以言说的孤独与无奈，一种无法改变乡土家园消亡命运的苦恼与悲凉。平静的笔调叙述出无言的哀怨，细腻的刻画透露出悠长的愁绪。这种行文的从容与隐藏的哀痛，好似无声的雨慢慢渗透进土地，形成沁入心田的股股暗流，使读者沉入到一种纯美的生命观照中。

　　作为一个善于表现和赞颂"爱"与"美"的作家，沈从文较少受到观念、思潮的暗示。他既不以泛道德的眼光过滤生活，也不为流行的时代主潮所左右，而是将自己的体验和感悟带进作品，以乡下人的目光观察都市生活，又以都市人的视角打量湘西山水，带着梦一般的情感回味儿时，将山野田园里的神性、诗性、灵性汇于笔端。沈从文对现代文明的审美反思，使人们能够以对照的眼光，反省现代文明印在生命深处的暗点，从而找回一个本真的自我，做一个诗意栖居的现代人。

　　文学世界是高度审美化的世界，人生则有更多的厌抑顿挫。我读《沈从文传》时脑海常出现这样的情景：1949年3月的穿着青灰色长衫的沈从文精神恍惚，两只枯瘦的手指指向"死亡"二字，电源插头顿时噼啪作响，长子沈龙朱拔掉电源将父亲蹬开，瘫倒在地上的沈从文用那颤巍的手指拭去镜片上的两点浊泪。也是在3月的某一天,家人推不开他的房门,只得破窗而入,发现靠在藤椅上的沈从文手腕动脉及颈上血管鲜血四溅,嘴角还沾着几滴煤油。

当这个"大仲马式"的中国作家被送进精神病院疗养时,他的内心发出这样的呻吟:"我应当休息了,神经已发展到一个我能适应的最高点上。我不毁也会疯去。""给我不太痛苦的休息,不用醒,就好了,我说的全无人明白。没有一个朋友肯明白敢明白我并不疯。"学生辈作家林斤澜见他太过冷落,拉他参加一个会议,主持人最后礼节性地请沈先生说话,他只说道:"我不会写小说,我不太懂小说。"沈从文冷漠地拒绝了文学,也拒绝了历史抑或是历史拒绝了他。2006年1月11日《中国青年报》发了一篇该报记者包丽敏写的题为《沈从文:作家"死"了》的文章,标题耸人。但也是事实,沈从文确实已经"死"了,是作为一个作家"死"了。

一次带学生去绍兴,在一家旧书店看到一本杂志,20世纪30年代的沈从文和张兆和已经浸着水渍早已泛黄。这对恩爱夫妻在半个多世纪里"空缱绻,说风流",平凡又不平凡。

纸质的文本里的沈从文依旧生动,依旧令人难以索解。1985年的一个早晨,满头银发的沈从文坐在旧沙发上接受访问,淡定平和写在他的脸上,说起"文革"中他打扫女厕所的事,依然淡定平和。这时在场一位女记者动情地拥住他肩膀说:"沈老,您真是受苦受委屈了!"接下来的一幕是谁也没想到的:八十三岁的老人抱着她的胳膊,号啕大哭起来,哭得就像个受了委屈的孩子，什么话都不说，就是不停地哭，涕泗横流。

心弦已震颤，黯然自销魂。

在做沈从文的论文时，想起苇岸回忆海子曾经对他说的一句话：伟大的作家要看全集。才咬咬牙买下三联和花城一起出的《沈从文全集》，读从文，品从文，从文本到人生，我们要汲取大师的养分而非花边。

一代文豪沈从文留给我一个穿布衣的背影，我踩着深深浅浅的足印，忧伤地回望那飘着牧歌的乡村，禁不住感叹：少年从文不胜数，暮年裁衣有几何？

从白堤上走过的往事

孙堤直达西泠,车马游人,往来如织。兼以西湖光艳,十里荷香,如入山阴道上,使人应接不暇。

从白堤上走过的往事

杭州一般是在三月份进入春天。灵峰和超山的二月正是探梅的好季节,这几天虽还是几枝梅花报春来的时候,但如果天气转晴,随着温度上升,马上就会看到"十里梅花香雪海"的美景了。

春天的杭州蒙着一层纱,湿湿的,那湿湿的绿色是从西湖晕染开去的。春天的西湖是朝霞里走出来的美人,清雅高洁,白堤苏堤是美人两叶弯弯的柳眉,冒烟含情,所以赏春的最佳去处是白堤和苏堤。白居易有一首七律《钱塘湖春行》:"孤山寺北贾亭西,水面初平云脚低。几处早莺争暖树,谁家新燕啄春泥。乱花渐欲迷人眼,浅草才能没马蹄。最爱湖东行不足,绿杨阴里白沙堤。"诗歌写尽早春白沙堤的妩媚之态,白沙堤(现在都称"白堤")上桃柳成行,芳草如茵,宝石含翠,湖水涂绿,在静卧碧波的白沙堤上骑马游春的白乐天,满眼旖旎骀荡的春光，怎不快哉？

白沙堤横亘湖上，长堤连孤山与北山，分西湖为外湖与里湖，在唐代以白沙铺地而得名，宋代称白沙堤为孤山路，明代改称十锦塘。

前日读张岱的《西湖梦寻》里的《十锦塘》，摘录如下：

> 十锦塘，一名孙堤，在断桥下。司礼太监孙隆于万历十七年修筑。堤阔二丈，遍植桃柳，一如苏堤。岁月既多，树皆合抱。行其下者，枝叶扶苏，漏下月光，碎如残雪……孙堤直达西泠，车马游人，往来如织。兼以西湖光艳，十里荷香，如入山阴道上，使人应接不暇。

这才知道原来白堤还有一个"孙堤"的称呼。孙隆何许人也？孙隆，字东瀛，籍贯直隶三河，1547年进宫，多学善书，被外派任苏杭织造太监，到苏杭织造局提督织造，首要的任务是为皇帝大婚准备七千套礼服。

苏杭乃丝绸鱼米之乡，孙隆在明朝经济重心之地——苏杭——担任要职，可见其多么得万历皇帝的器重。他在苏州征收五关之税，"水陆要冲，乘轩张盖，凡遇商贩，公行攫取"，可谓横征暴敛，搞得"民不堪命"，终于引发了以昆山人葛成为首的苏州市民大暴动，吴侬软语也能撼动天地，孙隆跳墙仓皇逃窜，躲到杭州才避过一劫。

在苏州臭名昭著的孙隆，在杭州却完成了他的华丽转身。

袁宏道在《断桥望湖亭小记》里称孙隆为"西湖功德主","余谓白、苏二公,西湖开山古佛,此公异日伽蓝也",并以浓墨重彩描绘白堤美景:"湖上由断桥至苏公堤一带,绿烟红雾,弥漫二十余里。歌吹为风,粉汗为雨,罗绮之盛,多于堤畔之柳,艳冶极矣。然杭人游湖,止午、未、申三时,其实湖光染翠之工,山岚设色之妙,全在朝日始出、夕春未下,始极其浓媚。月景尤为清艳,花态柳情,山容水意,别是一种趣味。"——如此白石如玉、软沙如茵的白堤是孙隆苦心经营的结果,而且,孙隆在杭州干的好事还不只修葺白堤,他还修缮了灵隐、湖心亭、净慈寺、烟霞洞、龙井、片云亭、三茅观等寺庙古迹,并计划"开渠浚河,为城中永永无穷之利",难怪袁宏道为其打抱不平:"孙太监以数十万金钱装塑西湖,其功不在苏学士之下,乃使其遗像不得一见湖光山色,幽囚面壁,见之大为鲠闷。"

我不知道当一脸蓬垢的孙隆从苏州逃窜到杭州时是怎么的一种心境,该是心惶惶腿颤颤地登岸吧,该是美丽的西湖让他开始心定定神安安吧。水可涤尘,山可荡胸,景可怡人,于是惊魂甫定的孙隆开始完成他生命中最绚烂的自我救赎。"孙东瀛修葺华丽,增筑露台,可风可月,兼可肆筵设席。笙歌剧戏,无日无之。今改作龙王堂,旁缀数楹,咽塞离披,旧景尽失",与其说孙隆完成了西湖的美丽蜕变,不如说是美丽的西湖使孙隆的魂灵变得清透。

当孙隆站在白堤上静静地欣赏一堤的花繁叶茂、桃红柳绿时,心情是多么的愉悦和满足,那是他殚精竭虑的杰作啊!可耳际偶尔会响起苏州"织佣之变"时那种嘈杂喧腾,额头的神经痉挛了一下,他抿抿双唇,扯动一下嘴角,但,那不是微笑——

孙隆在苏杭两地以双面人的形象被镌刻进历史的映画里。我曾读过孙隆的一首诗《题慧因寺》:"笙歌日日娱西子,为爱幽闲到玉岑。旧有高人井田宅,沿流且向寺门寻。"慧因寺是吴越武肃王钱镠所创的禅院,孙隆的题诗可以看到他心境很恬适很清明,也可以看出本是污浊坚硬的心经西湖潋滟柔光荡涤后已经变得柔软平和。

历史有时真的就那么吊诡,孙隆给了苏杭两个截然不同的侧影,可"西湖功德主"的塑像最终在西子湖畔轰然倒塌,孙隆最终只是孤寂地走入历史的尘埃里,他对西湖的丰厚的情感也被湮没在白堤的柳浪里。

现在的杭州人就这么执拗地把白堤的塑造之功归之于杭州刺史白乐天,每个从断桥徜徉到锦带桥的游人都虔诚地膜拜着白居易,让袁宏道的叹息声随着清冽的湖水一波三折。有时想想,袁中郎也大可不必扼腕不平,或许是因为太监的身份,或许后来的杭州人还不能轻易原谅那个有污点的孙隆。

我走在"草绿裙腰一道斜"的白堤上,堤上内层是垂柳,外层是碧桃,两旁水波潋滟,游船点点,远处山色空蒙,青黛含翠。欸乃一声,一条小船从烟柳中穿过,毕竟是惊蛰了,春天终是要来临了。

挂在青天是我心

秋天是一个会让人感伤的季节。

愁者，秋之心也。枫叶荻花秋瑟瑟，万里悲秋常作客，羁旅之思，生命之叹，把这一个季节漂染得茫茫苍苍。

在杭州，秋天是沿着西湖铺染开的。层次感最鲜明的数龙井路，路两旁红黄相间的枫木、梧桐与远处依旧碧绿的茶山形成暖冷的强烈对比，只是龙井路显得幽僻了点，适宜独品静赏。南山路则闹中有静，路上的梧桐叶现在开始泛黄，那略略卷曲起来的黄叶带着些许留恋离开枝头，打过青黄的枝干，在秋日明朗的光晕里，划出一道迷人的曲线，飘落凋零，人行道行车道铺满金黄，车子缓缓驶过，落叶如浪翻卷。于是我们会感慨，生命在凋零时，居然会是如是的缤纷与绚丽。

南山路是杭州最有文化韵味的一条路。踩着那片片梧桐叶，沙沙沙地碎了一地的金黄，俯身细察，叶脉条晰。生命轮回里模糊了多少面容，南山路的一片落叶或许张先吟哦过，李清照感伤过，杨维祯诵咏过，潘天寿描摹过，你会感慨，一片落叶，竟然串联起古今多少情愫，有时时代变迁，但人们的心理结构并没有改变。

南山路因为有南宋临安府学和明代文庙（杭州碑林）以及近百年历史的中国美术学院，显得特别有文化艺术氛围。清水青砖嵌入的雕花楣饰，黛瓦粉墙上爬着的凌霄，石库门漏窗散出来的咖啡香，坡顶老虎窗飘出来的钢琴声，移步其间，感受到一份散漫、一份精致、一种怀旧、一种腔调。

杭州的色彩四季分明，冬日是灰白，春日是鹅黄，夏日是碧绿，秋日以金黄为主色调，色彩变化特别鲜明。秋天应该是画家们最爱的一个季节，那么丰富的色彩都调和在西湖周边山麓，倒映在一汪西子湖里，整个湖面就像画家手中的调色盘。

当日光变得与叶子一样枯黄时，西湖的秋色就越来越深了，秋意就越来越浓了。

心境决定眼境。感伤者从秋天落叶凋零，想到杜鹃啼血猿啸哀，于是怆然涕下；豁达者看到秋高气爽，金麦翻卷，红枫炫目，生气盎然，于是意气风发。

古人则多悲秋。秋风起，思乡浓，孤独无依，人生苦短，这浓浓凉意渗入每一个毛孔，悲伤如潮水一般四溢而出，与黏稠的夜色混融在一起，直让人无法呼吸；如薄荷般清凉、清新、清晰、清冷、清爽、清愁的气息，任花落一地，臆想成谜。

今天是中秋，应该是秋日中最迷人的一天。中秋是一个容易激起中国人情感波澜的节日。

对着满轮朗月，内心的情愫开始顺着清辉升腾，再也没有像中国人那样投射于月亮如是丰富的情感了。想象一下，今晚"海上生明月，天涯共此时""但愿人长久，千里共婵娟"，多少华人面对同一轮中秋月，翘首抒情，这是多么温暖的情形，"露从今夜白，月是故乡明"。盼月圆，"皓魄当空宝镜升，云间仙籁寂无声；平分秋色一轮满，长伴云衢千里明"。怨月圆，"明月不谙离恨苦，斜光到晓穿朱户""玉户帘中卷不去，捣衣砧上拂还来"。

再没有一个城市如杭州一样和中秋的月亮有着这么密切的关系了。月亮制造了潮涨汐落，才有了闻名世界的中秋钱江潮。杭州人爱赏月，也会赏月，中秋赏月据说始于唐代，宋明为盛。明代田汝成《西湖游览志余》中说："八月十五谓中秋，民间以月饼相送，取团圆之意。"

杭州有许多中秋赏月的好去处，比如位于凤凰山坡的月岩，位于艮山门的映月桥。九溪也是个赏月的好去处，九溪的夜色特别清冷，在郁郁葱葱群山的拥围中，踩着碎石路，边上的溪水没有了白日的喧腾，呜咽着，散着清清亮亮的光晕，甚是迷人，你可以静静地与天上的一轮月亮对话，与溪里的一轮月亮对话。

当然，最佳去处应该还是在西湖，湖中赏月的最佳去处是三岛之一的三潭印月。中秋夜，泛舟者会在石潭里点上蜡烛，在每个洞眼封上白纸,暖色的光晕落在湖面上,三潭月影斑斑,不知哪个是光影,哪个是月影,甚是奇幻迷离。

　　岸边赏月首推月白风清、水天一碧的平湖秋月,高阁凌波,绮窗俯水,平台宽广,视野开阔。我觉得,平湖秋月最美在于青柳下看舟楫,南宋孙锐诗中的"月冷寒泉凝不流,棹歌何处泛归舟",明洪瞻祖诗中的"秋舸人登绝浪皱,仙山楼阁镜中尘",都是写在平湖秋月看泛舟品秋月的美景。

　　现在,在平湖秋月,可以听窈窕淑女弹一首古筝曲《平湖秋月》,美月、美人、美乐,相融一体,真若仙境。明代文学家张岱在《西湖梦寻》中记载:"修葺华丽,增筑露台,可风可月,兼可肆筵设席。笙歌剧戏,无日无之。今改作龙王堂。"皓月当空,湖天一碧,金风送爽,水月相溶,不知今夕何夕——人间美景就在这秋月下的纵目远望里,清骆成骧撰有一副楹联:"穿牖而来夏日清风冬日日,卷帘相见前山明月后山山。"

　　共赏一轮月,心境各不一。或许你今天是孤独一人,没事,可以临一汪秋水,看着圆月在水里悠悠晃晃,你和爱人所有的曾经往事,那些黑白的和泛黄的影像就在这缥缈着雾气的水面上上演,这些故事很逼真,逼真得使你的情感一串串地饱满起来,挂着露水。你的目光缓缓地从水里的月亮移向天上的月亮,当那清凉的月光打在你清瘦的脸庞时,你早已泪湿青丝,模糊了如银盘的夜月,清晰了如藤蔓的情感——今晚你很孤单,但不寂寞。

　　晏殊有诗:"十轮霜影转庭梧,此夕羁人独向隅。未必素娥无怅恨，玉蟾清冷桂花孤。""何处关山家万里，夜来枨触客愁多。"人间共婵娟之际，总有忧愁不能寐、揽衣起徘徊的秋客，面对一轮圆月，"引领还入房，泪下沾裳衣"。

寒蝉凄切，水颜落墨。其实，人间美景不常在，月有阴晴圆缺，赏月就是赏心，寒山有诗曰："众星罗列夜明深，岩点孤灯月未沉。圆满光华不磨莹，挂在青天是我心。"

是啊，挂在青天是我心。"吾心似秋月，碧潭清皎洁。无物堪比伦，教我如何说？"

洪春桥畔说戴进

杭州有一个叫横春桥的古地名，我在杭州地名办没查到。近日看万历十八年庚寅（1590年）快雪堂主冯梦祯写的《西山看梅记》，文云："西山数何氏园。园去横春桥甚近，梅数百，树根、干俱奇古，余所最喜，游必至焉。"据《武林旧事》卷五："横春桥本名横冲桥。"又据《西湖游览志》卷一："行春桥乃横冲桥也……其南为黄泥岭。"据《西湖游览志》卷十："行春桥，宋时为左军教场，有马三宝墓。"至元十五年（1278年），有军厮名狗儿者，掘之，得一铁卷，题曰"雁门马氏，葬横冲桥"。始知"行春"乃"横冲"。而"行春桥"就是现在的洪春桥，在杭州九里松浙江医院附近。

我之所以要搜查横春桥这个地名，是因为它是一位画师的生命的终点，这位画师名字叫戴进。

戴进，字文进，钱塘人，号静庵，又号玉泉山人，出生于明洪武二十一年（1388年），卒于明天顺六年（1462年），浙江画派的创始人。有关戴进的生平事迹，古籍里记载甚为简略，且多有出入。清代张潮《虞初新志·戴进传》记载："进，锻工也，为人物花鸟，肖状精奇，直倍常工。进亦自得，以为人且宝贵传之。一日，在市见金者，观之，即进所造，怃然自失。归语人曰：'吾瘁吾心力为此，岂徒得糈？意将托此不朽吾名耳。今人烁吾所造亡所爱，此技不足为也。将安托吾指而后可？'人曰：'子巧托诸金，金饰能为俗习玩爱及儿、妇人御耳。彼惟煌煌是耽，安知工苦？能徒智于缣素，斯必传矣。'进喜，遂学画，名高一时。"——自己亲手锻造的工艺品被销熔，年轻气盛的戴进怃然自失，转而学画。而明朝郎瑛《七修类稿》记载："永乐末，钱塘画士戴进，从父景祥征至京师。笔虽不凡，有父而名未显也。"可知戴进的父亲戴景祥为职业画家，且颇有造诣，戴进长于绘事，有其家学渊源。尽管郎瑛身处明代，与戴进生活年代较近，故其记载可信度也比较高，但张潮的记载使得这位杭州画手更有一些传奇色彩，而且张潮的记载在厉鹗《东城杂记》里也有佐证。

不管戴进是怎样走上画画这条路的，传奇还是按照自己的逻辑跌宕演绎着。

永乐初年，那时的戴进该是十七八岁吧，他随父亲戴景祥进京——京都在应天府南京。明代周晖的《金陵琐事》记载："戴进永乐初年到南京，将入水西门，转盼之际，一肩行李被脚夫挑去，莫知所之。文进虽暂识其人，然已得其面目之大都，遂向酒家借纸笔画其像，众聚脚夫认之，众曰此某人也。同往其家，因得其行李。"——由此就可以看出戴进在绘画方面具有极其聪颖的资质，表现出极好的捕捉对象形神的能力。永乐十九年（1421年）明成祖迁都北京，背着画具的戴氏父子也紧随着皇帝那滚滚车队的茫茫后尘进入了北京城。

戴进是以民间工匠的身份走向画坛的，他以自己的勤奋刻苦，善于变通吸纳的智慧与功力，展示了其勃发的创造力和高迈的审美力。史载他的人物画师承南宋李唐、刘松年。山水画取法南宋"院体"，并以南宋李成、郭熙为主攻。在深研传统、追慕大家、登堂入室的前提下，他在中晚年开始大胆变法，形成酣畅苍莽、沉郁醇厚的笔墨及豪放豁达、朴茂简约的风格，从而使元末以来那种幽暗冷漠、孤寂低靡的文人画风得到了重大的改观，使明初的画坛展示出了一股雄健浑穆的阳刚之气和郁勃爽达的艺术张力，为中国画的发展作出了历史性的贡献。"宣宗喜绘事，御制天纵。一时待诏有谢廷循、倪端、石锐、李在，皆有名"，绘画上已经颇具成就的戴进自然得到宣宗的赏识，进入了朝廷所设的画院，此时的戴进已经名重一时，明代李绍文在《明世说新语》卷八中明确指出："戴文进画，本朝第一。"由他所确立的笔墨创作方法及风格系统展示，曾在当时产生重大的影响。

传奇的演绎不会平缓，总是在高潮之处开始跌宕。

关于戴进在画院里的困顿与挫折，古籍记载也有很多出入。

据《佩文斋书画谱》卷五十五"李在"条下引《闽画记》云:"李在……宣庙(明宣宗)时与戴文进、谢庭循①、石锐、周文靖同待诏直仁智殿。"徐沁《明画录》也称戴进"宣德初征入画院,见谗放归,以穷死"。是什么谗言让戴进被"放归"?郎瑛《七修类稿·戴进传》记载:"一日,在仁智殿呈画,进进《秋江独钓图》,画人红袍垂钓水次。画惟红不易著,进独得古法入妙。宣宗阅之,廷循从旁跪曰:'进画极佳,但赤是朝廷品服,奈何著此钓鱼!'宣宗颔之,遂麾去余幅不视。故进住京师,颇穷乏。"另外一种说法见于李诩在《戒庵老人漫笔》中的记载:"宣德间……(画院)考试,令戴画龙。戴本以山水擅名,非其本色。随常画龙皆四爪,呈御。上大怒,曰:我这里用不得五爪龙?著锦衣卫重治,打御棍十八回。余十七人皆得用命也。"——"五爪龙"和"四爪龙"是君臣的区别,将呈皇帝的"五爪龙"画成"四爪龙"乃是冒天下之大不韪,所以宣宗大为震怒,要斩戴进,戴进只得连夜潜逃。

作为一个浙江画派的领军者,戴进的生命落差与颠沛带来的是浙派的跌宕与浮沉。他个人的命运亦代表了一个画派的命运。这个当年曾应召入宫廷值仁智殿的画家,最终还是被皇家庙堂所放逐,被上流社会所抛弃,被后世艺苑所贬斥。正统六年辛酉(1441年),五十四岁的戴进返回家乡杭州的西子湖畔,画艺日精,融古汇今,创作进入鼎盛期,然性格依然孤傲,不

---

① 即谢廷循。

为五斗米折腰。天顺六年壬午（1462年），戴进于落魄贫困中死去，终年七十五岁。流行的说法是他晚景凄凉，以致"嫁女无资，以画求济，无应之者"。

一位了不起的画师完成了自己生命的一个轮回，杭州是他生命的起点，也是他生命的终点。一代画师，踟蹰于西湖通往灵隐的石径上，已经没有几个钱塘人能认识他，只有那一汪西湖水会那么平和地包纳了这位了不起的画师那伤痕累累的灵魂以及关于他的跌宕起伏的传奇。

然而传奇毕竟是传奇，对传奇故事那啧啧的称赞声会掩盖了许多接近真实的内涵，使得人们把浙派的由荣及毁简单地归之于那一只龙爪上。

戴进以及他所代表的明初浙派在短短的二三十年内由声誉卓著的"我朝最高手"，备受推崇的"一代良史"，被贬低为"野狐禅"，乃至斥之为"恶派"，整体沦为"日就狐禅，衣钵尘土"的遭遇实属罕见。其中原委值得后人细细推究。

尽管戴进之画被誉为"国朝第一"，但他似乎无法摆脱一种悲剧性的宿命，即他是以民间工匠身份涉足画坛的。郎瑛在《七修类稿》及《七修类稿续稿》中说："生死醉梦于绘事，故学精而业著，业著而名远，似可与天地相始终矣。究其当时，不过一画工而已。"出身卑微的戴进最终很难真正为士大夫们所欣赏，以这位出身卑微的画师为首的浙江画派自然也被文人们看不上眼。吴宽的一番话就能说明："然文进之能止于画尔。若夫吮墨之余，缀以短句，随物赋形，各极其趣，则石翁（沈周）

当独步于今日也。"文人还是强调画外的文化内涵,元末明初大文人杨维桢说"故能诗者必知画,而能画者多知诗"。后来明代文人姜绍书说:"夫雅、颂为无形之画,丹青为不语之诗。"——说白了,你戴进只不过是个工匠,你画是画得不错,但画得不错的人多了去了,你能写诗吗?不会。不会?二流去!

更重要的原因还在于以董其昌为首的文化精英们在意识形态上对戴进及其所代表的浙派的贬抑。明代的董其昌是当时位尊权重、名望最高的文坛巨擘,他提出的"南北宗论"一出即在艺坛取得一片赞同,画坛群起而附和,成为主流社会意识。董其昌把戴进所师承取法的"马(远)、夏(圭)辈"划入"北宗",一个地理位置处江南的浙江画派竟然就这样被归入"北宗",而士大夫又开了崇"南"贬"北"之先河,这无疑是从艺脉史绪上贬低了戴进和他的浙江画派的社会地位和艺术档次。

在中国封建社会中,在传统的汉文化圈中,士大夫意识形态是如此的强悍,如此的坚韧,如此地具有杀伤力。所以,戴进和浙派被贬抑的核心原因是因为没有进入士大夫意识形态的系统。

历史是由掌握着主流意识形态的人纂修的,戴进只能孤寂地走在历史的边缘,湮没在茫茫的历史尘埃里。然而以戴进在绘画上的成就,中国美术史上应该给他留下浓墨重彩的一笔。明朝郎瑛在《七修类稿·戴进传》给予戴进很高的评价:"戴奔走南北,动由万里,潜形提笔,经几春秋无利禄以系之也。生死醉梦于绘事,故学精而业著,业著而名远,似可与天地相始终矣。"

戴进死后葬于西湖横村桥，当郎瑛去凭吊戴进时，不禁悲叹起来："余过横村桥，见其墓凄迷于苍莽之中，祀绝而将为人发矣。悲其事，因掇其行，以书其传云。"现在的洪春桥不是郎瑛所见的苍苍莽莽，因为离西湖近，又是去灵隐的主要通道，故而游人如织，当善男信女在这条上香古道上走过时，谁也不会记起这儿是浙派一代宗师的灵魂栖息地。

想起明朝学者杨士奇对戴进的评价："此君高节净娟娟，况复瑶华相映妍。"我站在洪春桥畔试图和五百多年前的历史对话时，只听到附近松涛轻响，流水潺潺，如画师笔下清淡幽深的意境，只要你静静地去聆听，相信青松和碧水会把画师传奇的一生娓娓道来。

马岭山房

　　1976年，对整个中国来说，是极其特殊的一年，天崩地裂，惊心动魄，悲喜交加。对林文铮来说，却没有了那么多的悲和喜，在他眼里，1976年只是人生苦旅的一个节点，仿佛穿越了一个漫长的隧道，他已经习惯于在黑暗里与自己对话，当看到一丝光明时，他似乎并不激动，越发觉得特别地倦累。

　　那是一个春天的清晨，雪刚化，湿湿的空气里弥漫着淡淡的芳草香，那一天，他服满了十九年刑。手里拿着尚未翻译完成的鲁迅《中国小说史略》的法文版书稿，别无他物，他缓缓地走向铁门，可又好像觉得应该带些东西以作纪念，于是折身回去，蹒跚着出来时，臂上搭着一条旧床单。七十四岁的老人，鬓额生华发，那天他特意把已经稀疏的白发整齐地向后梳着，还是以前的四六开，两边的眉毛除了靠近眉心的一端是黑灰色的，都已经雪白了，圆圆的颧骨凸出，眼球深陷，微胖的身子每走动一步，都感觉很吃力——

毕竟是风烛残年的老翁了！

这十九年里挂念的东西太多了。最最让他挂念的还是马岭山房，那是他十九年里最温暖的寄托。

他无数次地回忆起和妻子蔡威廉在马岭山房生活的光景。他们一起在国立杭州艺专工作，结识于孤山，结发于白堤。新婚后，他们多么渴望能在西湖边安一个家啊，校长林风眠在马岭山山麓建了两层小楼，和林校长一样，挚友吴大羽也筹划着在马岭山山腰建一幢青砖小洋楼。在丈人蔡元培五千大洋的慷慨资助下，怀着身孕的妻子开始苦心经营，精心设计，亲自督工，终于在1934年筑成了他们的爱巢——马岭山房。

只有他知道画风粗犷的妻子其实有着一颗单纯如童话的心，她把房子设计得那么地清新，布置得那么地可人。山房不高，依山层叠，掩映在树林中，三进房子的前面是个大花园，花园里有一口井，正对着大门口，前房是画室兼会客室，小小的壁炉上挂着丈人蔡元培亲笔题写的匾额"马岭山房"，中间两层主楼楼上是居住用的，下面是浴室、柴房和储藏室，后房是厨房和仓库，三幢房子错落起伏，毗邻而居又各自独立。妻子尽管也留过洋，可还是喜欢采用最传统的方式造房子，黄泥和着茅草竹篾夯起的墙，刷上石灰，敦厚结实。妻子喜欢这样的泥墙，她认为泥墙是会呼吸的，冬暖夏凉，房间的隔墙才用砖砌。人字形的房顶和楼梯，方形的木窗，梯形的廊檐形成特别的几何组合构图，油画家的妻子喜欢这种简洁的线条组接，而粉墙黛瓦，又是最有江南民居的味道，莘荠色门窗和地板，素雅之中含热烈。山房就这么腼腼腆腆地绰约在那马岭山山腰上……

　　林文铮走到马岭山山麓，眼前出现一幢两层青砖小洋楼，这是他一生的挚友、国立杭州艺专的创办者林风眠曾经住过的地方，可惜人去楼空，门口右侧的立柱上藤蔓密织。再往前走，乔木蓊然，修竹森然，马岭山的西面建起了杭州植物园，这里的一草一木，他是熟悉又陌生。他沿着马岭山房那条石阶缓缓地往上爬，石阶荒草丛生，苔藓几乎覆盖了青石条，他不知道人们已经都忘了这条路，更不知道人们已经在山房的右侧另辟了一条石阶路。石阶的尽头，山房的门已坍圮，一口六角井，井圈上挂着一只木水桶，一个中年妇女在井边洗着衣服。曾经爬满花草的泥墙都已被夷为平地，两扇铁门不知所终，混凝土门槽上都是腐叶，长满青苔，花园成了菜园，鸡鸭结队，几个正在松土播种的老人和那洗衣的中年妇女看着他从草丛中钻出来，有些诧异地打量着他，很警觉，毕竟是他闯入了他们的居住区。

　　马岭山房不仅是外围改变了，房间格局也有改变。三进房子住进了七户人家几十口人，有浙江省博物馆的职工，还有景区建设的拆迁户。他入狱后，山房就被房管所接管了，被分成几份分配给这些住户。原来藏于山房储藏室的爱妻蔡威廉的画作和他的所有文稿估计都被房管所和住户们当废品处理掉了。

　　什么叫物是人非？林文铮感到刀割剑刺的痛楚，他那本已经稀薄的人世挂念又被一丝丝地抽离,心有着被掏空的感觉,就像宝石山传来的一声鸽哨,就像玉泉上空飘着的一只断了线的风筝……

依旧是春寒料峭,林文铮紧了紧身上的旧棉袄。1976年,杭州的春天来得特别地迟,而他觉得这个春天没有根,发不了芽。

平反,落实政策,又是一个漫长的等待。林文铮直到1983年才又住进了马岭山房,他住在主楼二楼偏西北的那一间,儿女们请了一个保姆照料他的生活,还有两个女学生作为他的助手,协助他翻译作品,他一度曾想续接年轻时那个宏大的计划,把巴尔扎克和司汤达的作品都翻译过来,但最终还是力不从心。

山房很少有客人,林文铮花钱如流水,二百四十元的月供,还有稿酬的收入,除了每月付给保姆二十元外,到月底居然没有一点积蓄。为此,女儿林徵明有不少抱怨。隔壁的一户人家姓钟,是在浙江省博物馆工作的,儿女成群,子孙满堂,林文铮在走廊上遇见,也只是颔首示意,他已经不太爱和别人交流,不太喜欢看到热闹的景象,喜欢躲进自己的房间里。后来,住户陆续地搬走了,山房日显孤寂了。

然而,十多年的铁窗生涯未能消减林文铮对爱妻缱绻的思念之情,他总是梦想着在来世重会蔡威廉,所以,他在自己的斗室中又设立起祭祀爱妻的香案。他所礼拜的对象是蔡威廉在明朗阳光下拍摄的一帧照片。照片里的妻子虽然眉宇间有一分艺术家天生的忧郁,但还是那么的清纯,脸上洋溢着热情。

这张照片是妻子生完第一个孩子后拍的吧？林文铮在想，但他脑中马上浮现出妻子在昆明因产褥热而病逝的情景，一介书生是多么的无能，竟然贫穷到照顾不了自己的妻子和孩子，让爱妻消逝在战乱混杂、权力角逐、人心焦灼的悲情时代中。懊丧，懊丧里又是一阵椎心的痛。

妻子是多么的不幸啊！而他呢？比妻子多活了四十余年的他呢？林文铮有些木然地想着，他不知道自己有没有原谅这个时代。妻子估计来不及想，他呢？他是不想想——

1989年，林文铮因贫血死于杭州。

2006年开始，林徽明与居住在山房的李女士为争夺马岭山房的产权而打官司。

2014年，某报纸报道马岭山房售价一亿元。

2015年，马岭山房的中间主楼和后面辅房坍塌，前房破败不堪——

爬乌石峰

宝石山是杭州的名山,又名保俶山,是一座死火山。山由火山熔接凝灰岩组成,内含一种特殊的矿物——碧石,美其名曰"宝石"。《徐霞客游记》有云:"宝石山巅,巨石堆架者为落星石,西峰突石尤屼嵲。"

乌石峰是宝石山的余脉,当属徐霞客所云之"西峰"。山石黝黑,石上不长草木。有几个洼坳,每个皆可容数人,雨后积水也甚是浑浊,好事者在其中一处累土成包,上植一株小树,树竟也长得枝繁叶茂。

爬乌石峰时,在山路上遇一个阿姨在挑拣果子,果子外形像香榧,硬壳,棕红色。问阿姨,她指着边上的一棵高大乔木答:就是这 cha(音)树的果子。阿姨说,挑去虫蛀的,晒干,脱壳,可做豆腐。

后来，我拿果子问了生物老师，方知是白栎树的果子——橡子，富含淀粉。这才记起萧山城厢镇发掘距今七千至八千年的跨湖桥文化时，发现了两座贮藏窖，里面贮满了橡子，可见古人老早就发现了橡子可以做食物。《庄子·齐物论》："狙公赋芧，曰：'朝三而暮四。'众狙皆怒。曰：'然则朝四而暮三。'众狙皆悦。名实未亏而喜怒为用，亦因是也。"这是成语"朝三暮四"的出处，"芧"即栎实，也就是橡子。《新唐书·杜甫传》有这样记载："客秦州，负薪采橡栗以自给。"大诗人杜甫穷困潦倒之际也是赖橡子而生。唐张籍有诗云："岁暮锄犁傍空室，呼儿登山收橡实。"皮日休也在《橡媪叹》一诗中咏道："秋深橡子熟，散落榛芜冈。伛伛黄发媪，拾之践晨霜。移时始盈掬，尽日方满筐。几曝复几蒸，用作三冬粮。"

——以此看来，唐朝秋末冬初有采摘橡果、以橡子为食的习俗。同学说，小时候他家里也常采橡子磨豆腐，小朋友还掀去橡子的盖子，插上火柴棒，做成陀螺玩。

现在，生活越来越精致，食物越来越精美，小孩的玩具都是现成买来的，已少有磨橡子、玩橡子陀螺的了，吾等已目不识"橡"，有赖葆有古风、朴质的阿姨给上了一课。

我爬到乌石峰时，正值中午，冬日的暖阳，如入海长河，不疾不缓，如轻纱帷帐，不飘不抑。乌石蒙着一层朦胧的白光，石峰最高处，一男子孤兀地坐着，背弓着，宛若一兀鹫立于峰顶；下一级一对中年夫妇摊开报纸，放着音乐，甚是惬意；再下一级是一对老年夫妻，三月我爬乌石峰时也见过他们，也曾和他们聊过。

大伯大妈住拱宸桥，大妈七十三岁，属马，大伯七十七岁，属虎。只要天气好，他们就带上中饭，从拱宸桥坐公交车到北山街，再爬乌石峰，晒晒太阳。夏天就再爬一段到天梯，那儿阴凉。

满头白发的大妈一边扎着笤帚一边说："爬爬山锻炼身体，而且这儿空气好。"戴着帽子、晒着太阳的大伯乐呵呵地搭了一句"老了，不中用了。只能爬爬山看看西湖了"。大伯大妈身体很硬朗，选了这么一处清静之地，远眺西湖，细数光阴，揽青白于襟袖，悟湖山于无极，暮年如此静好，几人得享？

幸福就像一座山峰，和乌石峰不一样的是，它没有山顶，每个人都无法拥有极致的幸福。爬山的时候，真要向那位阿姨和那对老年夫妇学习，学会走走停停，采采果子，看看山岚，赏赏虹霓，吹吹清风，晒晒暖阳，让心灵在自然中得到满足。我们的不幸往往因为过于充实，负荷了太多的名和利，所以要放空自我，物质的空虚是为了填实精神。一个人总在仰望着和羡慕着别人的幸福，蓦然回首，却发现其实幸福就是那么简单，而且自己正被别人仰望着和羡慕着。

我想，每个人都是幸福的，只是，我们的幸福，常常在别人眼里。

沏一杯荷香茶韵

又见一年风荷举,满塘芙蕖别样红。现在很少有人会风雅一下,效法古人研制荷叶茶、荷花茶了。

据说,荷叶茶的古法并不复杂:把新鲜荷叶剪碎,然后在罐子里一层荷叶一层纱布一层茶叶地铺起来,再放上一两天。茶叶(做荷叶茶最好用"重口味"的茶叶,比如普洱、武夷岩茶)在吸收了荷叶的清香后,口感会更加柔和。

相较而言,做荷花茶要复杂些。荷花茶制法据说是元代画家倪云林创制的。茶"慕僧客,爱诗家",倪云林既是画家也是诗人。他创荷花茶一事可见明代顾元庆所编《云林遗事》及其所删校的《茶谱》。在《茶谱》的"诸花茶法"中对荷花茶的做法有着详细记载:"莲花茶:于日未出时,将半含莲花拨开,放细茶一撮,纳满蕊中,以麻皮略絷,令其经宿。次早摘花,倾出茶叶，用建纸包茶焙干。再如前法，又将茶叶入别蕊中。如次者数次，取其焙干收用，不胜香美。"——制茶的过程甚是精细雅致，茶叶本有清香，再附上淡淡荷香，必定清甘舒爽。

倪云林，名瓒，号云林子，无锡人氏，一生志趣于山林丘壑。多才多艺的倪云林，也是一位极品茶客，他嗜茶成癖，喜欢弄点新意思，有很多好玩的茶事。比如他发明了"清泉白石"这一观赏养生茶，奈何有人不识其雅趣。《云林遗事》记载宋朝宗室后裔赵行恕慕名而来，倪云林用"清泉白石"招待他，但是赵行恕喝过后觉得不过尔耳，倪云林大怒道："吾以子为王孙，故出此品，乃略不知风味，真俗物也。"遂与之绝交。

——道不同不相为谋，品茗也要是同道中人。

不过，倪云林创制的茶法最著名的当数荷花茶。张端的《云林倪先生墓表》中提到倪云林性格温顺宽厚而"有洁癖"。我想，那该是个清爽的初夏黄昏，"有洁癖"的倪云林一定选择了一处清洁干净的荷池旁品茗，一缕阳光透过树枝漏在太湖水泡制的碧螺春清澈的茶汤上，他抬起头，眼前那一朵朵映着晚霞的荷花，婀娜多姿，香气扑人。倪云林突发奇想：如果把荷花和绿茶结合起来，让荷香融入茶香，那一定特别沁人心脾。一般人或许也会有这样的想象，然后或许会摘一花瓣入茶樽，看着粉红花瓣漂浮于碧绿茶叶之上，已是很满足的事。敏感而细腻的倪云林则想出了以茶入花的烦琐点茶法，花之精在于花蕊，而非花瓣，花苞欲放之时，精髓入茶，茶入水中，叶瓣舒展，亦如花之绽放，郁香入鼻，清雅盈室。

酒寓侠，茶寓隐。倪云林还把清新淡雅的荷花茶带入自己的诗画里，他的诗作中散逸着浓浓的茶香，有着淡然的隐逸野趣。"松陵第四桥前水，风急犹须贮一瓢。敲火煮茶歌白苎，怒涛翻雪小停桡。"（《绝句》）"舍北舍南来往少，自无人觅野夫家。鸠鸣桑上还催种，人语烟中始焙茶。池水云笼芳草气，井床露净碧桐花。练衣挂石生幽梦，睡起行吟到日斜。"（《北里》）——画为心声，在倪云林的画作《山水》里，亦见闲云野鹤一般的茶客形象："雨后空林生白烟，山中处处有流泉。因寻陆羽幽栖去，独听钟声思罔然。"丹青中的茶意，被一派寒山瘦水笼罩着，亦禅亦隐亦逍遥，那是对凡尘俗世的叛逆、对温柔富贵乡的遁逃的倪云林形象，如隐如仙，如荷之濯濯、茶之洌洌。

倪云林在小他三十五岁的诗人高启眼中是"午榻茶烟病叟禅"的形象，高启从倪云林身上看到了魏晋风度和一份被茶清洁的精神：

> 云林已白头，犹有晋风流。
> 爱写沧洲趣，闲来玄馆游。
> 茶烟秋淡淡，竹雨暮修修。
> 欲向南池水，长留青翰舟。

也只有如是高洁的倪云林才会发明如是高洁的荷花茶。

荷花茶是元代倪云林创制的，但文人大多以为发明者是清代的芸娘。嘉庆年间的《浮生六记》中有这样一笔:"夏月荷花初开时,晚含而晓放。芸用小纱囊撮茶叶少许,置花心。明早取出,烹天泉水泡之,香韵尤绝。"由此可见,芸娘乃沿袭倪云林的制法。

想想文人这样偏爱芸娘也好理解,荷花茶毕竟更接近女性,再加上芸娘是大多文人心目中的理想女性,她后来被林语堂誉为"中国最可爱的女人"。读沈氏《浮生六记》里的文字,古今文人仿佛就嗅到了芸娘纤纤玉手中那盏青花瓷里袅袅飘来的清香。芸娘可爱亦在于其脱俗。《红楼梦》里妙玉收梅花瓣上雪煮雪烹茶款待宝玉黛玉,一只杯子被刘姥姥碰过便连杯带茶一起泼掉,嗜茶者多有洁癖。沈三白笔下的芸娘亦清洁、空灵得如妙玉一样不食人间烟火。这才是文人雅士着迷的"出淤泥而不染,濯清涟而不妖"的如荷花般的女子!

赵明诚、李清照曾是文人夫妻的楷模,二人志同道合,才情相当,闺阁之中,赌书泼茶,演绎的是非同常人的鱼水之乐。芸娘虽无易安之才,却也是一个玲珑剔透的人儿。"买绕屋菜园十亩,课仆妪,植瓜蔬,以供薪水。君画我绣,以为诗酒之需。布衣菜饭,可乐终身,不必做远游计也。"《浮生六记》里记载,沈三白和芸娘虽然布衣蔬食但风雅成性,焚沉香、叠盆景、租煮馄饨的炉子、担野炊、自制梅花盒装菜,别有会心,自得其乐。和赵明诚、李清照一样,沈复与芸娘,也是一对并蒂芙蓉,两人心地同样单纯,同样浪漫率真,有诗有画有酒有月有情有爱,便有了整个世界。在《浮生六记》的《闺房记乐》《闲情记趣》两卷中，芸娘的慧心巧思，如春日陌上野花，随处可见，泡制荷花茶虽不在于创新，然足见芸娘的聪慧清洁。

可是世事无常，赵明诚和李清照阴阳两隔，琴瑟调和终敌不过涂炭战火，沈复和芸娘亦再唱了一阕《钗头凤》，如花美眷终敌不过红尘烟火。

一杯荷花茶，有荷之芳香袅袅，亦有茶之清香缭绕。有丹青雅韵，有闺阁素香，在古籍里留香了七百年。

小暑已过，江南的荷花清新可人，谁人能沏一壶橙黄的荷花茶？

清照杭州（一）

已是腊月，杭州清波门外的柳浪闻莺公园里，水杉叶零，瘦枝疏离，弦月清寒，溪流静默。王维有诗"明月松间照，清泉石上流"，甚合意境。林中的清照亭素朴典雅，如一枚印章，戳在水墨湖山的卷轴上，万古山水，真意无言，千秋草木，疏朗通透，唯有小亭，朱砂点睛。

"清高才女，流离词客；照灼文坛，点染湖风。"清照杭州九百年，我还能感受得到宋时的雨拍痛了临安的栏杆吗？还能听得到宋时的风吹皱了易安的心湖吗？

杭州人那么含蓄地纪念李清照，是有原因的。李清照避难金华，为金华留下《题八咏楼》和《武陵春》，一首诗，一阕词，足以让名楼添彩，让双溪增色，可是，她客居杭州二十载，却未留一句与西湖，怎不让人费解？近人夏承焘在所作的《瞿髯论词绝句·李清照》中,似乎给出了解答:"过眼西湖无一句,易安心事岳王知。"然而,这样的解答略显单薄。岳王壮怀激烈,要踏破贺兰山缺,无暇流连美景,可以理解。女词人虽有"生当作人杰,死亦为鬼雄"的慷慨之歌,有"九万里风鹏正举。风休住,蓬舟吹取三山去"的阔达之情,有"欲将血泪寄山河,去洒东山一抔土"的激昂之叹,可若将她与气贯日月的岳王相比拟,未免太夸大一个弱女子的家国之志。况且,是二十年,是二十年的临湖而居,无心无意点染湖风,仅此一说,尚不足以解释杭州人的困惑。

我细细理来,斗胆揣测,除了故园之思外,金石家珍,零落迤逦,痛苦难耐,再婚离异,不终晚节,流言销骨,年事已高,小院寡居,心事淡寂,再加上整理、编纂《金石录》的压力,负荷累累,无心赏景,无意吟哦,亦是自然。林林总总,层层叠加,或许可作解释。所以这温柔乡、销金窝,让她心生隐忧,这西子湖、桃柳郡令她徒增伤悲,临安城是她婚姻的伤心地,可她只能在这伤心地里偏安一隅。她一个人站在"梧桐更兼细雨"的秋日黄昏中,"寻寻觅觅,冷冷清清,凄凄惨惨戚戚",咀嚼着自己半世的凄凉。那浓得化不开的愁绪压迫着她,使她枯瘦成一株黄花,在凄风苦雨中颤颤巍巍。

张爱玲说过:"我发现弄文学的人向来是注重人生飞扬的一面,而忽视人生安稳的一面。其实,后者正是前者的底子。"九百年来,那些"弄文学的人",那些男性精英,不断消费着李清照夫妻离合的情感、婚变情离的故事,他们往往放大了李清照

"人生飞扬"的一面,而她"人生安稳"的一面却被一扫而光。我想起波伏娃的名言"女人不是天生的,而是被塑造成的",男人们把在正史中始终处于边缘地位的女人按照自己的价值判断揉捏成自己想要的或者社会所需要的模样。于是,在以男性为中心的伦理结构中,李清照的形象有了两个走向:一是德行有亏,被严苛,被嘲讽,被窥私,甚至被意淫;一是道德模范,被辩诬,被拔高,被粉饰,甚至被偶像化。直至近世,对李清照的再嫁问题依旧争论不休,而在当代的教科书里,李清照则成为一个诗书琴棋样样皆精的全能型乱世女神。

在我看来,李清照首先是个女人,一个有着放达气质的北方女人,她是士大夫的贤妻,是乱世中的寡妇,她渴望被爱,也曾挣扎过,做过再筑爱巢的美梦,但是醒来,梦碎一地,身负枷锁,锒铛入狱。在那个衣冠南渡的动荡年代,在临安城里,那位宋代的青州女儿已是一个鬓发斑白的孤寂老人,她无儿无女,孑然一身,凄苦无助,只是因为出身名门,再加身世波折,她比一般的女性视野阔达些,阅历丰富些。李清照其次才是个诗人,她把诗和词归入两个系统,她说,诗庄词媚,诗言志,故庄,词达情,故可媚。后世编辑的《漱玉词》里真正可确定的作品不过三十多首,或许,她不是高产的作家,但在她的诗词里,所有的国愁、家愁都融入了个体的情愁之中,浸透着清冷彻骨的美,诗词里流淌着穿越时空的孤独情愫,一个弱女子怎么抵挡得住家国的轰然倾覆?她只能用言瘦意丰的诗词来对抗时事变迁和人生无常。因此,她的诗词虽无杭州地域标识,却有杭州情感的鲜明印记。

今晚,很冷。我从清照亭拐出,就走入了南山路,路旁一家小店里,放着传奇古装剧《知否,知否,应是绿肥红瘦》,几个年轻人哼唱着:"试问卷帘人,却道海棠依旧……"

一抬头,在梧桐树的枝头上挂着一钩残月。那该是宋时的月亮,是李易安的月亮,悬在文化的星空,清照千年,缄默无言。

清照杭州（二）

柳浪闻莺有一座清照亭，据说是为了纪念李清照而建。柳浪闻莺是要在草木葱茏的春季去欣赏，而拜访清照亭，则最好是在草木清瘦，树叶半凋的清秋，看着烟光稀薄，茅草覆盖，干黄枯萎，稀稀落落，黯淡简陋，才能勾连起那个用湖光山色抚慰自己的孤独和凄凉的李清照形象。

二十三年啊，整整二十三年，她在清波门外西湖边留下了一串又一串脚印。但我遍读易安居士的词作，似乎并没有读到专门吟咏西湖的作品，美丽的西湖最终没有淡妆浓抹进易安词，让杭州人困惑了九百年，遗憾了九百年。

那一番风一番雨一番凉的黄昏院落，那满地堆积的黄花，那"花自飘零水自流"的无可奈何，那酒意诗情无人共、夜阑犹剪灯花弄的凄凉，和着那些颠沛流离的日子，使她两鬓生华，醉时忘了故乡。酒已阑，歌已罢，海角天涯，物是人非；荷叶老，青露冷，水光山色，恨人归早。把四叠阳关唱到千千遍，把云阶月地，深锁万万重，到凤凰台上忆吹箫，不见满庭芳，只有声声叹息声声慢。她手捧菊花，在一个"天接云涛连晓雾"的清晨，顺着天鸡鸣叫的方向，款款而去，留下一个婉约的神话在天地间传唱。

美人迟暮，迟暮美人；美人寂寞，寂寞美人。

一盏孤灯，两枝芭蕉，几竿修竹，数丛萱草……

玉楼寒，玉楼空，春有意，秋无痕，情怀如水……

我站在这片广阔的水杉林边恋恋不舍地回望，清瘦的湖山里，我看到了罗衣素裾、柳眼梅腮的李清照娉娉袅袅地徜徉在西子湖畔，微喘轻叹"旧时天气旧时衣，只有情怀、不似旧家时"。"旧家时"的李清照"自少年便有诗名，才力华赡，逼近前辈"，有"沉醉不知归路，兴尽晚回舟，误入藕花深处"的闺中少女的天真烂漫，有"知否，知否，应是绿肥红瘦"豆蔻年华的多愁善感，有"莫道不销魂，帘卷西风，人比黄花瘦"的顾影自怜的楚楚神态，有"此情无计可消除，才下眉头，却上心头"的缠绵动人情深意挚的相思怨别。

2000年去济南，我就想看看李清照在大明湖畔的"旧家"，步出趵突泉公园东北隅的沧园，跨过枫溪岛小桥，东北方向不远处一泓碧水，泉水涌出，状如莲花，这便是七十二名泉中的漱玉泉。易安居士居兹爱兹，情有独钟，其诗文集为《漱玉词》即以此泉命名，就足以佐证。清田雯有诗："跳波溅客衣，演漾回塘路。清照昔年人,门外垂杨树。"漱玉泉石雕栏杆周饰,泉边绿柳成荫,泉水清澈见底,水珠汩汩上涌,水石相激,淙淙有声,秋雨黄花瘦,春流漱玉声。泉北岸的李清照纪念堂南接溪亭,"常记溪亭日暮",亭北洗钵泉,溪水清明,奇峰耸立,松竹掩映,院落静雅素朴,四季生机盎然。

我品味漱石枕流,想象着济南城里的"和羞走,倚门回首,却把青梅嗅"的那位美少女,也想象着汴京街头那位"卖花担上,买得一枝春欲放"云鬓斜簪的俏皮的美少妇……

往事如水啊!往事如烟啊!

李清照寓居杭州,叹息迭叹息。古人读她的《念奴娇》后发问:"新丽之甚;媚中带老;新梦,却不知梦何事?"她梦何事呢?我想她希望的是回到旧日情怀,希望强烈,可吹箫人去玉楼空,肠断与谁同寄?明诚已逝,情何以托?于是希望如断线的风筝,飘转无际,故而转生哀愁。这哀愁异于当初在汴梁时的闺闷。夜已央,灯犹残,一点豆光照纸窗。破纸窗在寒风中瑟瑟地扑扇,映在窗纸上的李清照的侧影也在抖动,心在泣血。"伤心枕上三更雨,点滴霖霪",慵倚玉栏杆,斜风细雨,萧条庭院难系她满腹春情。她要走出去,看西湖,品西湖,硬把酣味十足的酒醇涤淡成清心淡雅的茗香。或许是西湖的柔波软化了她有点硬的心,她微启丹唇,望湖一笑,笑容随涟漪荡漾开去。这一笑也柔化了外表光鲜的张汝舟,却使在柳浪闻莺里的步态轻盈的李清照又一头栽进了冰窖。这一遭后,她眼中冰凉,彻底冷却了情爱之躯,写下诉状告到衙门,皇帝下诏,付之廷尉，清照盛装出庭，冷艳逼人。

她，无疑是枝头的一朵奇花，凛冽的秋风摧残着她，她却不甘落在地上，依然倔强地挺立枝头，尽情绽放，溢出特有的清香，不曾萎靡凋谢。她的才气、倔强铸就了她的孤独，她那绝世的孤独又成就了她冰冷凝绝的美丽。可是心已伤心已凉，"病起萧萧两鬓华，卧看残月上窗纱。豆蔻连梢煎熟水，莫分茶。枕上诗书闲处好，门前风景雨来佳。终日向人多酝藉，木犀花。"是啊，几千年来，闺阁哀怨绵绵长长，可谁比得上李清照情愫丰盈命途颠折，李清照有太多的怨艾的资本！

"寻寻觅觅，冷冷清清，凄凄惨惨戚戚。梧桐更兼细雨，到黄昏、点点滴滴。这次第，怎一个愁字了得！"句句血和泪，不忍卒读。词人是以刚劲之态发哀怨之声，如怨如慕，如泣如诉，读之使人动容垂泪。

传说晚年的她一头华发转青丝，玉骨冰肌未肯枯！在自家庭院，李清照最后一次迎接情感的波涛，让眼泪打上句号。她美得很平静了，一生不懈地寻寻觅觅，觅觅寻寻之后的内心是无愧于自己的平平静静。

俟我乎巷兮

　　小街巷在北方称为胡同,南方则称为巷弄。比起北方的胡同,江南的巷弄更显逼仄。长长短短,深深浅浅,两堵长满青苔的青砖墙投影在光亮的青石板上,巷弄成了一道窄窄的风景。

　　巷弄是苍凉的历史留给现实的一个入口,是历史沉淀后的姿态,那一块块青石板铺成的小巷,承载着历史的迁移。你如果走入巷弄,随着细雨,会不自觉地滑入历史的最深处,那冉冉氤氲在巷弄里的清幽之气或许就是从许多宋版线装书中飘逸而出的,从许多明清青花瓷器里盘旋而至的。于是,你会听到历史的跫音嗒嗒嗒地在青石板上回响。

　　江南,是一个湿漉漉的词语。

　　江南的巷弄在雨天会更加生动起来,如一株含着露水的兰花草，素素雅雅的，葳蕤自生光。于是，雨巷成了文学语境里那个最诗意、朦胧、凄婉的意象。雨巷是阴柔的，温婉如一旗袍美女，打着油纸伞，听着琵琶响，嗅着紫丁香，卖着红杏花，江南的雨巷是半阕词的回眸。

　　巷弄里发生的故事不会有金戈铁马般的惊心动魄，但也会跌宕起伏，凄婉动人。《诗经·郑风·丰》有言："子之丰兮，俟我乎巷兮。悔予不送兮！"——那是极富画面感的诗句。那应该是个飘着雨的日子，男主人公"俟"在悠长又寂寥的雨巷，等候一个承诺，等候一个契约，等候一个丁香一样的姑娘，等候的神态是焦虑的，也是热烈的。"送"是对"俟"的呼应，是对承诺的回答，对契约的兑现，然而美丽的身影终还是没有出现，一个美丽的错误，转身即成永诀。是何原因让女主人公不能"送"？我们找不到两千五百年前的谜底，只知道那是一场没有结果的等候，巷口错过了一段美满的姻缘。时过境迁，女主人公依旧有太息般的目光、丁香般的惆怅。有些往事已经模糊，但是爱人的容貌依旧清晰，他是那样的丰满美好，体魄是那样的健壮魁伟，他立在巷口翘首盼望的神态依旧了然。想起这些，她的心中充满了无法消解的悔恨之情。雨打湿花褶裙，人比黄花瘦，停步在清晰的巷口，空洞地凝望相遇的雨巷和欲说的小窗，泪光如水。凄凉的思念绵长千年，油纸伞虽还如花儿绽放，那红尘的一世过往却都已零落成泥碾作尘。从此千年有了泪干心枯之后的悔恨与绝望，从此万古有了此岸和彼岸，山水不相逢。

在现实中，巷弄是古朴民宅群的杰作，它符合了中国传统家族群聚的需求，也满足了市民对空间相对独立的要求，所以江南的巷弄应该是最契合城市化初期人们的文化心理的。

狭长狭长的巷弄是城市的经脉，巷弄里没有大叙事，只有小生活。锅碗瓢盆碰撞到一块儿，交织出普通市民的命运交响。巷弄是城市最性感的地方，系着围裙的妇女们围在一起家长里短，拎着灯笼的孩子们满巷子追逐嬉戏，那儿有夏日的躺椅和蒲扇，有小贩的叫卖声，有邮递员绿色的影子，每一条巷弄都有许多跌宕的故事，那些故事在青石板上绵长。

穿过巷弄，耳边流淌着真实的风。阳光是真实的，笑脸是真实的，柴米油盐是真实的，嬉笑怒骂是真实的。这里的人们因真实而可爱，这里的故事因真实而温暖。

然而，城市一天天在长高，耸立的高楼如同一道道屏障，把天空拦截成一个个纵横阡陌。城市就像一个桀骜不驯的青年，鄙夷地俯视着日渐破败的巷弄。城市越来越容不下一条窄窄的古典雨巷，当青石板成了公园的装饰时，当青苔成了多肉盆景的装点时，江南的巷弄躲在石库门的背后，变成了一小道枯瘦的风景。董桥说，这是个没有童谣的年代。巷弄这支童谣最终会被激荡的流行乐湮没。于是，顾城"拿着把旧钥匙""敲着"巷弄"厚厚的墙"，带着找不到方向、找不到出口、找不到位置的绝望。

终有一天，我们只会在书上读雨巷，却很难读出诗意，读出朦胧，读出凄婉……

走进江南的巷弄，脚下石板青青，墙角苔藓斑驳。谁还会撑起一把油纸伞，俟我乎巷兮？

云在青天水在瓶
——献给已逝者和将逝者

因为工作的关系,常要参加送老教师最后一程的仪式。发讣告,念悼词,默哀,鞠躬,然后从家属手中接过毛巾和豆腐干(这是杭州人的习俗),离开西溪路(杭州殡仪馆在西溪路上)。人生一世,死不复生,整个中国文化体系里非常注重和讲究对死者的哀思和丧祭。可陶渊明《拟挽歌辞》却这样说:"亲戚或余悲,他人亦已歌。死去何所道,托体同山阿。"逝者长已矣,他人亦已歌,也是,生者如斯,总不能老是笼罩在死亡的悲伤氛围里吧?

对每个个体而言,死亡是人生的一个终点,讨论死亡的问题,就要联系前面生存之线段,我赞同存在主义者海德格尔的观点,人生是一种向死的存在,人生观即人死观。所以在西溪路上,我思考的是死亡的问题,到天目山路就开始思考生存的问题了,很有意思,人的思想有时就如钟摆,总是在两者之间摆动。

"To be or not to be? It is a question."在戏剧里,莎士比亚借那个很神经质的丹麦王子哈姆雷特提出了他对生存与死亡的思考。

一个自觉的人总是要直面生与死的拷问。孔老夫子很聪明,在回答其弟子子路"死事如何"之问时,避实就虚,一句"不知生,焉知死"转移了对死亡问题的讨论,然后"在川上"一句感慨"逝者如斯夫",告诉我们时光飞逝,要活在当下。可爱徒颜渊一死,孔夫子就不淡定了:"天丧予!天丧予!"颇有呼天抢地之态。儒家"亚圣"孟子说:"夭寿不贰,修身以俟之,所以立命也。"也是告诉我们不必过于关注和计较寿命之长短,只须致力于一己之修身立命。

相比起来,道家对死亡的看法更超然些。老子说:"故飘风不终朝,骤雨不终日。孰为此者?天地。天地尚不能久,而况于人乎?"老子形象地告诉我们,人类同其他自然物一样,其生死都是很自然的,我们完全没有必要为生命的终结而大惊小怪,见死色变。

胡适先生曾说:"生命本身没有什么意义,你要能给它什么意义,它就有什么意义。与其终日冥想人生有何意义,不如试用此生做点有意义的事。"而刚刚去世的史铁生先生在《我与地坛》里则更直接地说:"死是一件不必急于求成的事,死是一个必然会降临的节日。"

经历过死亡的洗礼,才知道活着有多么可贵!不曾哭过长夜的人，不足语人生。我没有直接深切地接近过死亡，所以只能间接地感悟。我喜欢看电影，电影里也有很多对生存与死亡的深度讨论。斯皮尔伯格的《辛德勒名单》里的犹太人面对死亡似乎没有自我选择的机会。罗曼·波兰斯基的《钢琴师》里的钢琴师似乎也没有如此的闲情逸致去考虑死亡的问题。谢晋的《芙蓉镇》里，姜文被抓走时对豆腐西施刘晓庆喊着："活下去，像畜生一样活下去。"（这倒契合史铁生《我与地坛》里借母亲这一形象所传达出的意味）这是被苦难淹没的最底层的人们在严峻的现实面前能够抓住的最后一根稻草，所以他们超乎想象地坚忍着，生存着。当然，张艺谋根据余华小说拍成的电影《活着》则更残忍地要观众逼视生与死，小说《活着》的前言里就有这么一句话："人是为活着本身而活着，而不是为了活着之外的任何事物所活着。"

是啊！人，作为生物，求生是其自然本能；活着，是生命的唯一要求。

当死亡成为上帝为我们设定的"节日"时，死亡似乎不应该讨论了，剩下的是生存的问题、如何活的问题。

如果死亡让我们想到夏花已逝秋风易老，让我们想到枯槁与沉寂，那么活着是美丽的，春水潺潺山花烂漫，尽管有阴霾，可总可以感受阳光的温馨，可以编织彩虹的梦幻。

时光的漩涡里，浮云飘过。人为什么而活着？这个问题很难找到终极答案。世俗把活着看作是对金钱权力的无限追求的过程，所以人们常在情欲物欲面前，迷失自己。日本作家池田大作就说过:"在我们的周围可以看到这样的情况——物质上的富裕反而招致精神上的贫困。"物质锈蚀了我们对幸福的触觉。当然有极端者,醉生梦死,把活着看作是墓地里的一场盛宴,吃吧,喝吧,可是,没有对死的畏惧,何来对生的渴望?

"决定一个人心情的,不在于环境,而在于心境。"柏拉图如是说。有时觉得每个人都为自己而活着,为一颗心而活着。上帝似乎早已注定你是成为乔木、灌木,还是小草。所以,不在于你看到的天空有多大,而在于你的内心有多大,心里繁花似锦,生命就绚丽夺目。内心丰富了,才能感知世界的丰富;内心善良了,才能感知世间的美好。可以平凡,平凡的人同样可以创造属于自己的一番绝美风景:一壶浊酒,几碟小菜,瓜田篱下,鸡鸣狗叫,儿欢女绕——简单,可生趣盎然。

春来秋去,花开一季,世间浮华,人生如梦。在生命的时间轴里,我们行色匆匆,握着拳出生,握着拳离去,结果一样,只是过程不一,所以过程远比结果重要。活着,不为别人活着,也为别人活着;不为自己活着,也为自己活着。

云在青天水在瓶,什么器物成什么样的形。器物有形,心无形。想到了尼采的一句话:生命敢于承受生命的无意义而不低落消沉,这就是生命的骄傲。

活着的时候,不知我们能否真正体验到生命本身的安详与真诚、善良与美好呢?

秋风鲈鱼催人归

秋风起兮木叶飞,
吴江水兮鲈正肥。
三千里兮家未归,
恨难禁兮仰天悲。

处暑开花不见花

今天是农历七月廿四,是二十四节气里的处暑。处者,止也。"处"是"躲藏""隐退"之意,也就是说,处暑一过,炎热的夏天就开始躲藏开始隐退了,所以,《月令七十二候集解》里说:"处,去也,暑气至此而止矣。"

不过"暑气至此而止矣"的可能性不大,还有"秋老虎"呢,俗话说"立秋处暑正当暑"。然而,今天一大早窗外就淅淅沥沥下起了处暑雨,气温骤降,"处暑白露节,夜凉白天热"。清晨凉意就贴着单衣爬上了袖口,颇有"一场秋雨一场寒"之态。

看着窗外,合欢荫蔽。民谚说:"处暑见新花。"民谚又说:"处暑开花不见花(絮)。"我不知道这"花"说的是棉花还是芦花,这"絮"说的是棉花吐"絮"还是芦花飞"絮"。棉花吐絮是看不到了,小区河边种着几丛芦荻,去看看芦花飞絮倒是方便,也该去体会一番慢慢浓起来的秋意了。

从夏到秋的季节更迭最为鲜明。夏是阳到极致,喧腾到极致,台风雷雨,阳光曝晒,蚊蝇滋生,蝉虫聒噪;秋则为阴,虽有红枫黄叶,绚丽缤纷,但总是寒蝉凄切,草木枯黄,渐趋宁静。

昨天在上海豫园,看到一池的莲蓬开始低垂,满眼的荷叶开始枯萎,就感慨光阴荏苒,已入初秋。偌大的园子里唯一让人羡慕的是在假山上盘根错节的如盆槐般的株株石榴,举着金盅的果实,一个个像小灯笼似的,如红玛瑙般逼人眼,在万物开始萧瑟的时候,它却依然生气盎然。

豫园真是一座精美的文人园林,楼阁参差,山石峥嵘,湖光潋滟。想起潘允端从嘉靖到万历,耗时多载苦心经营此园,甚是曲折艰辛。在他的《豫园记》中注明"匾曰'豫园',取愉悦老亲意也"。"豫",有"安泰""平安"之意,想来潘允端建园的目的是让父母在园中安度晚年。一个本来让老年人颐养天年的清静之所,如今却游人如织,随处是导游带着各国团队,叽里哇啦,甚是嘈杂,中国风格浓郁的瓦当、砖墙、围栏、假山要经受各色人种、各种色目的摩挲,颇觉吊诡。

我就往一些角落的地方寻,窗外几竿竹,池内几尾鱼,很是精美清雅,可以让我静静欣赏,然而城隍庙人声鼎沸,溢墙而来。让我觉得豫园之神亦和着那城隍庙里的一缕烟飘得无影无踪。豫园在热闹里越发显得孤独!

突然想起张爱玲,想起那个在旧上海"可以同时承受灿烂夺目的喧闹与极度的孤寂"的大才女。这时觉得豫园和张爱玲颇为相似,豫园也"可以同时承受灿烂夺目的喧闹与极度的孤寂"。

或者说正像拙政园属于苏州一样,张爱玲和豫园是属于上海的。杭州尽管离上海比较近,但我对海派文化真没太多的研究。张爱玲在《到底是上海人》一文中对上海人作了如下评价:"上海人是传统的中国人加上近代高压生活的磨练。新旧文化种种畸形产物的交流,结果也许是不甚健康的,但是这里有一种奇异的智慧。"——对这种"奇异的智慧",张爱玲还有另一番的表达:"谁都说上海人坏,可是坏得有分寸。上海人会奉承,会趋炎附势,会混水里摸鱼,然而,因为他们有处世艺术,他们演得不过火。"我想"混水里摸鱼"这种"奇异的智慧"是一种调和的智慧:调和新旧,调和古今,调和喧嚣与宁静。这一点上,豫园真体现了这种调和的智慧。那么张爱玲呢?

张爱玲"横空出世"在那个灰色的年代、灰色的上海,浅吟低唱一抹娟丽。雅是大雅,俗是真俗。她在《必也正名乎》里说:"中国的一切都是太好听,太顺口了。固然,不中听,不中看,不一定就中用;可是世上有用的人往往是俗人。我愿意保留我的俗不可耐的名字,向我自己作为一种警告,设法除去一般知书识字的人咬文嚼字的积习,从柴米油盐、肥皂、水与太阳之中寻找实际的人生。"

张爱玲不拒繁杂,恰恰喜欢从世俗生活中采撷琐碎而平凡的题材,注重表现中产阶级与市民阶层世俗化的生存境遇,以一种执着的现世精神来肯定人生。《烬余录》里有这么一段话:"时代的车轰轰地往前开,我们坐在车上,经过的也许不过是几条熟悉的街区,可是在漫天的火光中也自惊心动魄。就可惜我们只顾忙着在一瞥即逝的店铺的橱窗里找寻我们自己的影子——我们只看见自己的脸,苍白,渺小;我们的自私与空虚,我们恬不知耻的愚蠢——谁都像我们一样,然而我们每人都是孤独的。"以大雅入大俗,十里洋场上,倩女香魂,杂夫走卒,并行不悖地游荡着,演绎了一出出传奇,让人看到了爱的千疮百孔,顿悟到人性的荒凉与孤寂。

在豫园,在这个上海闹市区的园林里,我在和四周的苍茫对话,思维开始穿越。仿佛看到临水照花人,仿佛听到了上海那阴阴的空中回荡着嘶哑的胡琴声,那胡琴"拉过来又拉过去,说不尽的苍凉的故事"。

只是,如今,豫园还在,一代才女远离上海,就如被裁下的花,无根无源,终是香魂一缕随烟去,白云千载空悠悠。

生命是一袭华美的袍,爬满了虱子。豫园如此,张爱玲如此,上海亦如此,这个夏末秋初的季节更是如此。

处暑开花不见花——

春夜，一场江南雨

一场春雨从薄暮下到清晨，并不温柔，一夜的淅淅沥沥，伴着隆隆春雷，把春的讯息播报得那么高亢。

昨天是春分，《春秋繁露·阴阳出入上下篇》说："春分者，阴阳相半也，故昼夜均而寒暑平。"日夜均分，人们大多不适应，总是酣眠不觉晓。一只白头翁每天早早地扑扇着翅膀玩着以喙啄玻璃的游戏，哆哆作响，很调皮，像是催促我起床，只要开窗撒把米，它就和几只麻雀欢快地争起食来。

江南的春天从燕剪斜掠的呢喃中走来，开始用淡淡的冷色调勾勒，然后走向热烈，在繁花似锦的时候淡去浮华。刚入春的江南，会给你更明丽的感觉，甚至不用走出房子，窗外迎眸入眼的就是桃红柳绿。南面窗台上迎春花娇羞地躲在苍翠的绿叶下，窃窃私语，紫藤和蔷薇竞先吐出嫩芽，为一抹繁华做着精心准备；北窗外是满树梨花，素洁又热烈，水杉的嫩芽在赭石色的枝条上跳跃，如一个个音符，只要用心，就能听到这些小精灵奏出的春天协奏曲。

走出家门，漫步款款，总有那一抹的暗香荡漾起你心河的涟漪，让你那些冷却了一个季节的心事温暖起来，旖旎成一朵朵粉花，婉约地开着。如果机缘巧合，你还会在柳色成荫、如烟如雾的湖边听到一曲婉转的清笛，任流光深浅温柔了你的目光。

远处青山朦胧，近处清溪潺潺。雨是江南春天最有活力的注脚，一场缠绵的江南雨洒在老牛翻耕过的田地上，洒在牧童短笛清扬的杏花村上，洒在油纸伞飘过的小巷里，洒在捣衣声跌落的青石板上，江南的诗意就在一张打湿了的宣纸上渲染开去。

杭州的春天似乎是一夜之间冒出来，惊蛰，萌发，吐蕊，绽放，一气呵成，在西湖边的各个公园，鲜花次第铺展。

先是孤山灵峰的梅花，孤山的梅花带着太多的前尘往事，"疏影横斜水清浅，暗香浮动月黄昏"，把一个宋代的淡雅静定开到现代。而灵峰的梅花植于幽谷中，草地如茵，梅林似海，循香而去，雅趣就在一个"探"字上。接着是柳浪闻莺的二月兰，花是种在水杉林里的，水杉树高耸入天，二月兰娇羞可爱，刚柔并济，树影打在花丛里，如在时光中穿梭，蓝紫色的花海，是一种唯美的浪漫。然后是太子湾的郁金香，樱花映衬下的郁金香，特别地艳丽华贵，色彩逼眼，"兰陵美酒郁金香"，赏花如品烈酒,能感觉到一种近乎燃烧的炽热。继而是植物园的杜鹃花、映山红、马银花、羊踯躅,灌木的、乔木的、盆景的,品种繁多,玫红色、淡紫色、粉白色,色彩各异。最后是西溪湿地的花朝节,花朝节是首重奏曲,是个大拼盘,各种花汇聚成一个海洋,油菜花、丁香花、牡丹花、杜鹃花、百合花、海棠花、薰衣草把姹紫嫣红开个遍,蜂狂蝶舞,江南的春意渲染得繁重而热烈。

在杭州,特别能享受这一份丰盈的春意。因为江南多雨,这份春意总是带水的,细碎的雨可以芳菲一阕相思引,飘香的淡墨可以勾兑一杯浅笑酒。有一天,春天会走出你浅浅的梦境,在一夜的雨疏风骤之后,繁华落幕,终究是绿肥红瘦。

再华丽的乐章也有休止符。春逝的日子里,用不着伤感,有一颗空灵而纯本的心去感受这一份上天赐予的美好,感受大自然生命的激越,就够了。

冬天的故事

冬天是一个特别肃杀的季节。万物褪去繁华，以最本真、最原始的姿态蛰伏。

长长的夜晚，有如豆孤灯，温暖相伴，把一年的轮回密织成圆满。藏匿记忆是人生最隽永的生存定律。

短短的白天，冬天简约成一堵墙，几个乡邻靠着，拢着袖管，晒着暖阳，叙述过往的琐事和来年的畅想。

除了风还很兴奋地呼啸，冬天是特别宁静的。这么一个宁静的季节特别适宜等待和守候，为一个诺言而等待，为一个期许而守候，等待成冬天的一棵树，守候成冬天的一汪水，清瘦，清冽。或许有些落寞，错过了三个季节一次又一次的约定，但只要坚守信念，就会在春天翠绿，让思念开成一树的花朵，把希望流成一条河。

树其实没有故事,它只在时间里静默,以没有悲喜的姿态,把生命站成永恒。

树与天空是最好的组合。冬天的树是孤独的,手臂在天空伸展,枯瘦得狰狞,坚执得悲怆。天空成了树的背景,树越往上伸展,天空越发显得高远。树枝形状如一道闪电,天空纯色的记忆被撕开了一道口子,溢出最真切的情感,汨汨滔滔。

鸟儿掠过树梢,在天空划出一道优美的弧线。鸟儿是树放飞的一只只风筝,向着白云的方向飘逸,带去一声声清脆的哨音。冬天的鸟儿会早早地回窠,在树枝上唱着春暖花开的情歌。

水没有选择树一样的站立姿势,纵使遇到悬崖断壁,也是纵身一跃,依旧匍匐,谦卑的意义是大地给予的。冬天的水没有青荇招摇的妩媚,却更加清透,静缓地流淌着,映照着天空和树的影子。因为谦卑,所以包容;因为包容,所以博大。

水是大地的血液,树是大地的经脉。大地在沉睡,山也在沉睡,山做着大海的梦。大海摩挲着礁石,唱着远航的船歌。

天空落雪了,雪花给大地盖上了厚厚的被子,大地银装素裹,这是天空给大地最美的装扮,冬天的大地是一片素色的雍容。

湖水如平镜,文人骚客撑一支长篙,暖着一壶薄酒,向着水天一色的方向吟唱着蜡梅的赞歌。

冬天的故事很简单,简单成一首诗,没有诗句,只有韵脚;简单成一幅画,没有色彩,只有线条;简单成一支歌,没有歌词,只有旋律。

冬天的故事里有回忆,有展望。

冬天的故事很苍茫,但不苍白——

桂花雨

好像一夜之间，杭城的桂花全开了，新鲜的桂花甜得像江南女子一般熨帖。

今天开始婆婆娑娑地落雨，把浓绿了一个季节的心情，打得湿湿漉漉，秋雨忽疾忽缓，打得满街的人都措手不及，所有热烈的渴盼饱满的心情都忙着赶在被这场秋雨萧瑟之前收割。

这场秋雨把桂花的香气打得沉沉的，伏在地上，贴着蒙蒙的雾气，湿答答地逸散开去。花香和着泥土气，使这个城市的空气膨胀起来，丰盈又灵动。

我觉得，桂花的品性是属于江南的。江南的美是水性的，是流动着的，绿绿地逼人眼，桂花香钻鼻沁心；江南的美又是蕴藉的，像龙井绿茶一样清醇可口，桂花的美是含蓄的，小鸟依人地躲在绿叶之下，"叶密千层绿，花开万点黄"，娇羞之态惹人怜惜。因此，大词人李清照对桂花赞赏有加："暗淡轻黄体性柔，情疏迹远只香留。何须浅碧深红色，自是花中第一流。"

桂花是极富诗性的花，秋之朗月，花中香魂，明月、花香，构成了江南秋季最有诗意的景致。"桂子月中落，天香云外飘"，月色如水，风送清香，<u>丝丝缕缕</u>，如梦如幻，直让人疑为月中桂子落入人间，桂花的香芬芳雅致，恬淡飘逸，久闻不腻。在江南，月中赏桂是绝佳之雅事。一轮明月，桂影斑驳，二三朋友，浅斟香茗，长谈蟾宫折桂闲适之事，一支缥缈的神话跌落清池，真不知今夕是何年。

可惜今夜无月，只有窸窸窣窣的秋雨，不解风情地拨疼了不夜人的心弦。

突然想起小时候读王维的《鸟鸣涧》："人闲桂花落，夜静春山空。"调皮的我们就追着老师问，为什么桂花是春天开的，老师哼哼哈哈地搪塞过去，现在想来那时的老师肯定很窘迫，作为学生甚是不该。一样的桂花，或为功名利禄，或为禅意人生，非是花开不同，只是赏者心思各异，所以移情于物。其实，大可不必关心季节是春是秋，只要能读出王维的纯朴自然，读到那份闲适的心，读到那种栖息的诗意就很好了。后来听老师讲白居易的《忆江南》："江南忆，最忆是杭州。山寺月中寻桂子，郡亭枕上看潮头。何日更重游？"我对词中"桂子"二字甚是不理解，桂树是真有子，桂子是黑褐色的，我的问题也难住了老师。其实细细一想，桂花结子的时节也不对，况且白居易才不会在月下寻找那黑黑的小果实呢，此处的"桂子"应该就是桂花,山寺月中,清辉铺洒,银光满地,幽香浮动,白乐天循香而觅,诗境清凉又空灵。

初唐宋之问《灵隐寺》中写道:"桂子月中落,天香云外飘。"晚唐皮日休有诗《天竺寺八月十五日夜桂子》:"玉颗珊珊下月轮,殿前拾得露华新。至今不会天中事,应是嫦娥掷与人。"估计古人不知桂树有子,以为地上的桂花树都是天上掉下来的桂子长出来的。天上的桂子何来?月中来也,月中有桂,吴刚斫之,边斫边合,永世不绝,但这树一旦被震动,桂子也就掉了下来。想想,诗人在杭州天竺禅寺里,看那月光映衬下晶莹如玉的桂花从蟾宫嫦娥的纤手里姗姗而落,该是多么空灵美妙的意境啊!

没有一座城市能像杭州一样连命运都会和桂花紧密相连。数千年的诗歌,无可比肩的是一首词亡了一个朝代的柳永《望海潮·东南形胜》:

东南形胜,三吴都会,钱塘自古繁华。烟柳画桥,风帘翠幕,参差十万人家。云树绕堤沙,怒涛卷霜雪,天堑无涯。市列珠玑,户盈罗绮,竞豪奢。

重湖叠巘清嘉,有三秋桂子,十里荷花。羌管弄晴,菱歌泛夜,嬉嬉钓叟莲娃。千骑拥高牙,乘醉听箫鼓,吟赏烟霞。异日图将好景,归去凤池夸。

真正是词如画卷,写尽古钱塘温柔之乡的软糯之态。此词流播，史载金主完颜亮闻歌，欣然有慕于"三秋桂子，十里荷花"，遂起投鞭渡江之志，提兵百万西湖上，立马吴山第一峰。为此，宋人谢处厚悲歌独唱："谁把杭州曲子讴？荷花十里桂三秋。那知卉木无情物，牵动长江万里愁！"

唉，人说红颜祸水，女色亡国，可这次却是美丽西湖误的国。其实自从苏东坡将西湖比作西子，西湖便与女色有了瓜葛。古杭州的兴亡衰变就这样与湖光山色、红粉佳人勾连起来。这是西湖之幸，还是杭州之祸？明代学者陈仁锡慧眼独具，不但看出了西湖的"冤情"，而且一言挑明："节侠心即红粉心。"江山依旧，西湖仍然，古今多少兴衰事，都落烟柳里。

现在想来那金主也算雅人，为几树桂花几株荷花而挥兵南下。金国白山黑水，漫天草黄沙灰，能不羡江南？"三秋桂子，十里荷花"正写出桂花花期长，馥郁芬芳，长久不散，可是今年的桂花花期可能难以长久了。

今夜秋风秋雨，明日定是红黄满地，桂花雨似是充溢诗意，实是满目萧瑟，观者与李清照"试问卷帘人"时的心境并无二致。明日踩在落红泥草之上，深的一脚是前朝，浅的一脚是今岁，多少往事就这样嵌在那深深浅浅的履痕里，挂在枝头上那一声"寒蝉凄切"里。

杭州的秋天

在杭州,秋天是最美的季节。经历一个夏季的闷燥,在一个阴阴的午后,走在天目山路上,猛一抬头,发现黄山栾花开,黄灿灿的一片铺染在灰蒙蒙的天空,俯视,碎金满地着实惹人怜爱。

黄山栾是在初秋绽放的,它是穿着黄裙子的使者。从此,云是棉花云,水是黄叶水,风是豌豆风,雨是桂花雨……杭州开始用最绚丽的色彩画一幅迷人的水彩画,用最华美的文字写一首生动的诗歌。

杭州的秋天,最迷人的两件事是赏月和赏桂。赏月要去"平湖秋月",赏桂要在"满陇桂雨"。当然,最最美好的事就是月中赏桂了,中秋之夜到天竺寺和灵隐寺寻找月桂之子,这是千古文人的风雅之事。

根据民间传说，唐代时，杭州灵隐寺的德明和尚在皓月当空的中秋之夜，忽然听见滴答的雨声。他开门一看，见月亮里落下无数像珍珠般的小颗粒，便上山拾了满满一兜。第二天，德明把此事告诉了师父智一长者。智一长者仔细一看，便道："这可能是月宫里吴刚砍桂树时震落的桂子。"于是，他们把五颜六色的小颗粒种在寺前庙后的山坡上。到了第二年中秋节，桂树不但长得又高又大，而且树上还开满了芳香四溢的各色桂花。德明和尚便把它们取名为金桂、银桂、丹桂、四季桂。

"山寺月中寻桂子"，可能就与这个传说有关。唐代诗人宋之问有诗句"桂子月中落，天香云外飘"，说的就是寻桂之事，当然最耳熟能详的是做过杭州父母官的白居易写的那首《忆江南》，有词句"山寺月中寻桂子，郡亭枕上看潮头"，"桂子"就指"桂花"。

桂花香而不艳，含蓄内秀，不事张扬的天质，最为精妙，也最契合文人的审美旨归。桂花要经过露水的润泽后，香味才会完全释放出来，黄昏和清晨之间，桂花闻之则弥香。清泉潺潺，暮鼓声声，山寺静谧，隔绝繁杂，看一轮圆月挂檐牙，闻一缕幽香沁心脾，这时候最有情趣的在于"寻"，在空气澄澈的山寺月下，寻找幽香，探访桂子，这是极致的风雅！

白居易的另一首诗《留题天竺灵隐两寺》有句"宿因月桂落，醉为海榴开"，大诗人还特意作了注释："天竺尝有月中桂子落。"以表明他对此风雅之事的隆重推介。他后来去苏州任职，竟然把天竺寺的桂树移植到苏州城，作诗曰："子堕本从天竺寺,根盘今在阊间城。当时应逐南风落,落向人间取次生。"——痴迷如此,可见这位为官一任造福一方的大诗人一直念念不忘杭州城的桂子,亦可见大诗人已经把"月中寻桂"升华为一种生命的祭祀仪式。

"天香云外飘",天香穿过历史时空飘到现在。有一天读到玉环老乡、作家叶文玲写的一段话:"杭州桂花,不光开在早有名声的满觉陇,秋天的杭州,从农历八月起,真正是遍处桂花遍地香,当桂花被确定为市花以后,就越发恣意汪洋地遍布全城全市。山脚也好,水边也好,无论公园苗圃,百姓庭院,但凡三尺见土的地方,总有它们的踪影。有幸得住杭州的人家,不消说四时八节有花事可赏,但等秋光乍泄金风徐来之日,光那满城满陇的桂香,就足可使人无比陶醉的了。"今天的杭州人沿袭了喜爱桂花的文化传统,"满陇桂雨"成了新西湖十景,每年都要举行大型民间赏桂活动。

全国很多地方都植有桂花,可很少有一个城市对桂花的爱有杭州人那样痴迷,爱到眼,入于胃,甜到心。赏桂时节,满城桂花香,满脑子都是"沁人心脾""心旷神怡"之类的形容词,似乎就是专门用来形容桂花的,猛吸一口桂花香,差点就醉了。

说"入于胃"是有依据的。杭州人还喜欢用桂花做成许多食品,如桂花藕粉、桂花栗子羹。最香浓的当数糖桂花,赏桂时,在地上摊一片干净的油纸,一天下来,纸上就落满了被风吹下来的桂花。包了回去放进小钵头里,用淡盐水泡一泡,再用清水洗净。倒进纱布，拧干水分，择一干净的玻璃小瓶，一层白糖一层桂花，层层叠叠放进去。然后放在家里最阴凉的地方。接下来，就是要等里面的白糖慢慢变成诱人的焦糖色，才算大功告成。杭州人还爱做桂花酒，早在《汉书·礼乐志》中就有"尊桂酒，宾八乡"的记载了。

又是一年到中秋。繁星皓月万点黄，半城桂树满城香。校园里桂香浓郁，橘红的丹桂、金黄的金桂、淡黄的银桂，默默吐蕊开花，不哗众，不取宠，独占三秋压众芳。

这个季节，生活在杭州是多么幸福啊……

秋风鲈鱼催人归

秋风起，鲈鱼肥。莼菜鲈鱼片，是杭州人中秋时节家宴上常有的菜肴。鱼去头尾，切片，上浆挂糊，然后准备好高汤，放入莼菜和笋干，沸后入鱼片，笋干香气郁郁，莼菜滑嫩爽口，鱼片洁白细腻，实是江南秋季的一道绝美佳肴。

中国人讲究吃，讲究活鲜和腌干的自然调和，讲究植物和动物的合理搭配，美食大多能从视觉到嗅觉再延伸至味觉。

做"莼菜鲈鱼片"的三种食材都是江南特有。

竹笋素有"蔬中第一珍"的美称，杭州临安是中国竹笋之乡，天目山青峰崔巍，绿竹连云，天目笋干，翠黄肥嫩，清香鲜美。据史料记载，宋代大文豪苏东坡名句"宁可食无肉，不可居无竹"便是在临安於潜巡行时即兴所赋，还留下了"饱食不嫌溪笋瘦"的诗句，赞美临安竹笋"百吃不厌"。

莼菜在杭州西湖就有栽培，而且历史悠久，明代的《西湖游览志》即有"西湖第三桥近出莼菜"的记载。现在西湖整治，很难看到莼菜了。其实，离西湖不远的萧山湘湖也是一个产莼菜的地方，据我了解，湘湖莼菜扬名更早，在北宋政和二年（1112年），就有"湘湖莼菜"的美誉，到南宋偏安临安时，湘湖莼菜就被列为贡品，史载"萧山湘湖之莼特珍，柔滑而腴"，我曾经去过湘湖，湖水很浅，且湖底平坦，非常适合莼菜的生长。想象一下，采摘季节，满湖的莼菜荡漾于水面，"其貌淑且妍"的"东家莫愁女"们坐在木盆里，弯着柳腰采莼菜，这是多么曼妙的情景！"花满苏堤柳满烟，采莼时值艳阳天。"其实，采莼菜也未必在春暖花开的时节，从四月中旬到九月下旬都可以采摘，只是湘湖也在搞旅游开发，估计以上的美景不久只能存于记忆了。

再说说鲈鱼，最有名的要数松江鲈鱼了，早在明代，它就与黄河鲤鱼、长江鲥鱼、太湖银鱼并称为中国四大名鱼。松江鲈鱼闻名，据说是因为有四腮（一般为两腮），故而被称为"四腮鲈鱼"，《三国演义》第六十八回写了一个"左慈戏曹操"的故事："少刻，庖人进鱼脍。慈曰：'脍必松江鲈鱼者方美。'操曰：'千里之隔，安能取之？'慈曰：'此亦何难取！'教把钓竿来，于堂下鱼池中钓之。顷刻钓出数十尾大鲈鱼，放在殿上。操曰：'吾池中原有此鱼。'慈曰：'大王何相欺耶？天下鲈鱼只两腮，惟松江鲈鱼有四腮：此可辨也。'众官视之，果是四腮。"所谓四腮鲈鱼可能是古人眼花的缘故，松江鲈鱼两腮后各有一道凹痕,状如腮孔,且上面有条橙红色的条纹,形似腮叶。松江鲈鱼虽然长得怪异,但肉质洁白如雪,肥嫩鲜美,少刺无腥,食之口舌留香,回味无穷。隋炀帝下江南时,品尝了松江鲈鱼之后大加赞美:"金齑玉脍,东南佳味也。"清乾隆皇帝下江南,偶遇鲈鱼羹后也赞不绝口,下令要年年进贡。据说现在松江鲈鱼已经濒临绝迹,令很多老饕扼腕叹息。

如果说一道美食能刺激我们的味蕾,引发我们的食欲,最多只会给我们留下些许回味的空间,可如果一道美食能在我们品味时,不仅令我们啧啧赞叹,而且勾起些许人生慨叹,则真是深深探及文化的精髓了。"莼菜鲈鱼"就是这么一道飘逸着文化芳香的美食!

唐代大诗人杜甫在《泛房公西湖》诗中赞美所吃的"莼菜鲈鱼"是"豉化莼丝熟,刀鸣鲙缕飞"。宋朝的范仲淹则坐在另一张风雅的餐桌旁赞叹"江上往来人,但爱鲈鱼美"。到了元代,诗人张庸也对鲈鱼念念不忘,他在《秋水系舟图》题画诗中说:"小姑山到彭郎矶,老树含风黄叶飞。何人泊舟秋色里,钓得鲈鱼三尺肥。"而明代名医李时珍也对鲈鱼赞不绝口,他先是从一个食客的角度高度赞美鲈鱼味美:"白雪诗歌千古调,清溪日醉五湖船。鲈鱼味美秋风起,好约同游访洞天。"随后,又用医学工作者的严谨态度总结了鲈鱼的药用价值——据《本草纲目》记载:"鲈鱼性甘温,有益筋骨、肠胃之功能。鳃性甘平,有止咳化痰之功效。"

"莼菜鲈鱼"真真正正成了一道文化大餐,而烹饪出浓郁的文化味的是西晋时期的张翰,他有一首《思吴江歌》:"秋风起兮木叶飞,吴江水兮鲈正肥。三千里兮家未归,恨难禁兮仰天悲。"张翰系西晋文学家,江苏吴县人,为人放荡不羁,颇有阮籍的风格,因此人称江东步兵(阮籍,人称作阮步兵)。《晋书·张翰传》里这样记载:"张翰因见秋风起,乃思吴中菰菜、莼羹、鲈鱼脍,曰:'人生贵得适志,何能羁宦数千里以要名爵乎!'遂命驾而归。"——令张翰弃官而返乡的这道苏浙佳肴,就是"莼羹鲈脍"。这就有了文学典故中的莼鲈之思,后人大多赞叹张翰在北方洛阳为官,因秋风起而思念家乡吴中的"莼羹鲈脍",竟辞官归家,足见美食与乡愁的渊源了,于是感叹天下居然有如是痴迷的吃货。其实,我觉得这是一种误读,美食还真没到可以抗衡"匡社稷、济苍生"的入世理想的地步,张翰只不过是以莼菜羹、鲈鱼脍为借口,远离洛阳这个是非之地,以躲避西晋的"八王之乱"罢了。

  文人雅客们也是揣着明白装糊涂,等着秋风起,大家就和张翰一样患上季节性"情绪失控",借他人之酒杯浇胸中之块垒。不得意的李白在《行路难》中直接表扬张翰:"君不见吴中张翰称达士,秋风忽忆江东行。且乐生前一杯酒,何须身后千载名。"唐人李中《寄赠致仕沈彬郎中》云:"莼羹与鲈脍,秋兴最宜长。"杜甫《洗兵马》吟道:"东走无复忆鲈鱼,南飞觉有安巢鸟。"白居易在《偶吟》里更是说:"犹有鲈鱼莼菜兴,来春或拟往江东!"

  这道取名"莼羹鲈脍"的佳肴融入了太多人生无常的感怀,

放在蒸屉上,蒸得热气腾腾。北宋大文豪苏东坡是一位美食大师,他在《送吕昌朝知嘉州》中说:"得句会应缘竹鹤,思归宁复为莼鲈。"他在《虔守霍大夫许朝奉见》中云"秋思生莼鲙,寒衣待橘洲"。他还到自己最喜欢的丰湖去野餐,把湖边盛产的藤菜比作杭州西湖的莼菜,说"丰湖有藤菜,似可敌莼羹"。"似可敌"三字有一份欣喜,也有一份遗憾。南宋诗人方岳在《蝶恋花·用韵秋怀》里咏道:"世路只催双鬓白。菰菜莼羹,正自令人忆。"这位仕途坎坷的文坛宿将,到老还在怀念一盅"莼羹鲈脍",在回味中平复自己愀然无着的心境。辛弃疾的词中也曾多次以鲈鱼和莼菜来形容自己矛盾的心理,《沁园春·带湖新居将成》云:"意倦须还,身闲贵早,岂为莼羹鲈脍哉。"南宋爱国诗人陆游也有词云:"空怅望,鲙美菰香,秋风又起。"有诗云:"鲈肥菰脆调羹美,荞熟油新作饼香。自古达人轻富贵,倒缘乡味忆回乡。"他在《洞庭春色》中还有"人间定无可意,怎换得、玉鲙丝莼"的诗句,说切成薄片的鲈鱼和切碎了的咸菜或酱菜,拌以花叶菜一起烩炖,其味无比,看来他也是一位技艺高超的业余烹饪大师,而且还在"莼菜鲈鱼"这道菜的工艺上做了翻新。

中国文人多在入世与出世之间徘徊,在"兼济天下"与"独善其身"之间纠结,而一道"莼菜鲈鱼烩"竟然成了代代文人积极报国和消极避世的矛盾心理的最鲜明的注脚。不知现在还有多少人记着这个关于张翰的泛黄的典故,在觥筹交错之时,一勺绿白的莼菜鲈鱼羹是否会从嗅觉、视觉、味觉直抵人的内心感觉，突然触碰到心灵深处的乡愁之弦，然后在倦于奔竞之时寻找那一份温暖的慰藉，沧桑地回望乡土那一口古井、那一株老桑树——

秋风起，鲈鱼肥，一羹莼菜催人归。

夏至雨

今天是夏至,适逢江南的梅雨季,早晨醒来,窗外鸟鸣啾唧,夏雨瓢泼。几天的爽朗顿时湿答答起来,这样的日子都可以拧出水来。

在下着江南雨的日子,如果在乡村,是特别适宜发呆冥想的。靠一架竹躺椅,对一片雾气缥缈的翠林,看瓦檐雨珠串串涟涟,听雨声忐忐忑忑忐忐忑,那是很惬意的事。可惜在城市里,只能看到塑钢窗外的前屋一堵灰色墙壁和屋顶一角灰色的天空,雨在逼仄的空间中杂乱地飘着,没有了林风的吹拂和山岚的晕染,没有在如黑色琴键的瓦槽里弹跳过,没有沿着瓦檐落在长满青苔的青石板上溅起水花,我总觉得这样的雨也就没了平仄,少了音律。

打开手机,读到还躺在邵逸夫医院病床上的师兄写的文字:

"……我喜欢下雨,喜欢看雨,喜欢听雨。等我空了,一定要选一个雨季,找个接近童年的生活场景,搬个凳子,天天坐在檐下看雨、听雨,看河面的雨滴点点圈圈,如人生的生机与消散。"——雨天读到这样的文字很是感动。雨是一种线性的意象,勾连起碎片化的人生片段;雨又是一种圆形的意象,映射着生命的轮回。所以"雨"自然就成了一种触发回想的媒介。

泼洒下来的夏至雨,形成一道隔阻自我空间与社会空间的珠帘。面对一帘雨幕,有人郁闷,有人欢喜,郁闷者觉得活动空间受到了限制,欢喜者则觉得有了自己的独立空间,前者的心是开放的、活跃的,后者的心是独立的、清静的。一个人在四季斑斓的光影里穿梭,看到的都是别人眼里的绚烂,面对这样一个雨天,日子慢了,听到自己内心的声音,看到属于自己的风景,才觉得曾经的现在的自我确确实实存在。

师兄身居高位,宦海浮沉,能葆有一份文人的诗性甚是不易。人生不能总是在阳光下昂奋地奔跑,还需要能在月光下漫步的机会;不能总是在晴天下忙碌,还需要有这么个雨天放空自我。闲适的心境俨然已经成为现代都市人的奢侈品,其实每个人都渴望过简简单单的生活,看花开草枯,风起雨落,恬淡的人生才是充满弹性的,最隽永的也是最冲淡的!

夏至,雨至。"芒种火烧天,夏至雨绵绵",或许过了这一场雨,江南就会酷热难耐,苦夏马上开始,愿师兄早日康复,福生雨润。

在杭州,请在秋天叫醒我

杭州的秋天很是短暂。到了中秋节,气温有时还会近30℃,要过了国庆节,随着几股冷空气的到来,才显出凉飕飕的秋气来。这之后两个月不到,就完成了秋冬的快速转换,叶黄叶落,一气呵成。

秋天如是短暂,好像"东篱把酒黄昏后"的词人吟哦着那半句残诗,刚有韵味,就已经酒淡花惨。然而因为短暂,越发显出秋之珍贵。西湖边,一天一种色彩,一日一个景致,似乎一个疏忽就抓不住秋天绚丽而飘逸的丝带。在杭州赏秋,就是要在快节奏中找到慢感觉,愣是要把那半句残诗品读出平平仄仄仄仄平的韵味来。

江南的城市格局都比较逼仄,杭州也一样,少了阔达的视野,把春花夏草都关进了一个个亭台楼榭的公园。所以,杭州的春天，游人都要进入一个个主题公园去看花：灵峰看梅花，柳浪闻莺看二月兰，太子湾看郁金香。公园的花是经过园林师傅精心培育的，有各种妖娆的造型和刻意的搭配。在摩肩接踵中赏花，热闹了，但也觉得多了修饰之美，少了自然雅趣。秋景则不同，美色在山野间，在小溪旁，那里少有人声，没有羁绊，可观花赏叶，可闻香察色：植物园可赏菊花，满觉陇可赏桂花，西湖可赏枯荷，龙井可赏枫香，九溪可赏红叶——翻山越岭，健步如飞，也很难跟上秋天的脚步。

刚入秋，道路两旁的一团团浅红一簇簇金黄就急不可耐地明丽在眼前，一阵秋风秋雨愁煞人之后，栾树花就率先灿烂地开放了。很难想到，杭州的秋天是从这远嫁江南的树种（杭州以前的行道树主要是梧桐和香樟，现在种有很多栾树）开始的。栾树花开，满地黄花宛若碎金，故被俗世称为"摇钱树"。不过，在另一些人眼里，一层秋雨一层凉过后开花的栾树太过凄苦。其实心无慧眼何以觅得阳光，跨过夏日的喧嚣躁动，在初秋绽放，栾树是多么的宁静祥和啊，这绚丽的栾树在秋风乍起的时候温暖了多少路人的双眼！

栾树花过是桂花，桂花是杭州的市花。杭州的桂花会开好几茬，冷暖交替，秋阳暖人时，满城都会弥漫着桂花香。那时节，在阳光下会感觉到水汽升腾，似乎没有秋日的干燥，倒是有一份春夏之交的暖湿感。这时，桂花最是香甜，杭州人称之为"蒸桂花"。如果突然遇到一阵秋雨，天气迅速转凉，满城路面星星点点，黄的黄，红的红，心思细密者还不忍心踩上去，悼花葬花的心境油然而生，颇有一份凄美的诗意。游客们喜欢聚集在满觉陇，在桂花树下品茗赏桂，让桂花落在杯里、桌上、发上、衣上。即使不是个晴天，有着淡淡的风、淡淡的雨，也是很好的。感叹淡淡的秋意流年去，花雨落下成追忆，打湿红尘又一秋，时光的流逝感这时候会更鲜明，游者思乡的情愫就开始随着那青花瓷上的一丝水汽缥缥缈缈地弥漫开去——我觉得，在江南赏桂是最雅致的事情了。

桂花树是绿色的，桂花躲在绿叶中散发着香味，并不明朗，而各种绚丽缤纷的树便成为杭州秋景的主角。

北山街和南山路的梧桐叶煞是好看，车辆开过，落叶翻卷，把西湖最绚烂最灵动的景致投入你的眼眸。沿湖一圈，像美丽的花环，湖中间犹如被打翻了的调色盘，世间所有纯粹的色彩都被尽情地泼洒下来，汇入水中。秋风起，湖水皱，泛起的是一道道多彩的涟漪，这该是浓妆的西子湖吧？

西湖以西，少有人家，秋景更是美丽。看秋叶最好的地方是龙井路，树的品种很丰富，有无患子、乌桕、枫香，翻下翁家山到杨梅岭还有水杉，到九溪就是红枫。无患子从树梢开始黄，黄得纯粹；乌桕枝干拳曲，白白的乌桕果如响铃，在风中调皮地摇曳着；和乌桕叶相似，枫香的每片叶子都色彩不一，有墨绿、橘黄、玫红、赭红；泛红的水杉最好成林，笔直的枝干在秋风中从绿色站成紫红，把来自土地的热情无限度地向四周、向天空延展延伸；九溪的红枫多依水而立，如一团团火焰燃烧在山间，倒影入水底，似是要把整个秋日的激情点燃。沿着龙井到九溪，宛如听一支澎湃的交响乐，绿油油的茶园是舒缓而冷峻的背景乐，在它的衬托之下，这些炫美的树把每个音符都激荡得跌宕起伏。

一日之中，秋天的清晨最是撩人。晨光如瀑，沐浴其中。斑驳间，被光阴划破的记忆碎片，因阳光烘烤而无限闪耀，继而被风儿吹得摇摇晃晃，片片成阕。这样的清晨，谁都舍不得辜负了！

最近几天，冷空气一波接着一波来袭，迅速把杭州从秋天拉入初冬模式。秋天留给我们一个清朗的背影，这个时节的江南虽很阴冷，但依旧温润可喜。谁说岁月无痕？谁说只有"树树皆秋色，山山唯落晖"的萧瑟？"山明水净夜来霜，数树深红出浅黄"，尽管现在已过深秋，窗外，这片片秋叶，还倔强地站在孟冬的肩头，一如平平仄仄的诗，咏叹出一个季节的旖旎。

在杭州，请在秋天叫醒我——

最美人间五月天

"丽景烛春余,清阴澄夏首""首夏犹清和,芳草亦未歇"。春余夏首,最美人间五月天,春的脚步声还未远去,夏日已在街头妩媚着裙袂。

五月的清晨,和煦的阳光漫上窗棂,夏季的风铃轻灵摇响。那一朵朵娇艳的春花,终抵不住夏日凉风的引诱,刚挤出五月的门楣,便迫不及待地遁逃在春光谢幕的纷乱中。

五月的风景里辛夷不再如雪,杜鹃不再如血,绿已肥,红消瘦。总有一种情怀,还浸润在春花摇曳里,可就一个春困恍惚,那郁郁绮丽就已然被时令狠心地抛下,"墙头雨细垂纤草,水面风回聚落花"。然而,"芳菲歇去何须恨,夏木阴阴正可人"。

好在,五月还是那么的安逸恬静,一眉好水,犹记蒹葭,你还可以让饱满的情绪在初夏的光阴里浪漫地放逐,去等候一种自然而然的流放,等候一份烟云散尽的晴朗。

五月,到处都是翠色盈盈,清风流香。窗外鸟鸣啾唧,带来碧水青山远足的邀请,一抹花艳、一缕茶香、一片绿茸、一声蛙唱,祥和的五月就这样明朗在你的眼眸。

五月的美景装饰着你的世界,温婉着清浅的岁月,然后你会为自己许下不负好时光的承诺,可以用柳条蘸着流水写一行行青绿的诗句记录那些在生命里烙下痕迹的过往。

所谓绿草如茵,松软如褥的嫩草铺展开来,总让人忍不住想要去摸一摸,嗅一嗅,躺一躺,滚一滚,捋一柳新绿,舔一舔,尝一尝,叶汁的甜涩和着泥土的清香,着实沁人心脾!

耳际会飘来古老《诗经》里一支清脆的歌谣:"终朝采绿,不盈一匊。予发曲局,薄言归沐。终朝采蓝,不盈一襜。五日为期,六日不詹。""困人天气日初长",五月的时光有时也特别难挨,伊人空缱绻,苦思念,采绿不盈一匊,怨思如发缕。然而在"终朝采绿"的五月里,总有甜蜜的联想可以萌发,苦涩的思念里总有深远美好的期许可以蔓爬。

我总觉得,五月的滋味就在这忘形的幽怨和希冀之中。

江南的五月也总是伴着淅淅沥沥。毫无征兆,一场雨就开始洋洋洒洒地下了起来,时疾时缓,把树梢刚长出的嫩叶压得垂头低眉,而经过清洗的叶片会更加娇嫩。唐代高骈在《山亭夏日》吟道:"绿树阴浓夏日长,楼台倒影入池塘。水晶帘动微风起,满架蔷薇一院香。"满架的蔷薇写满青绿和粉红的句子,细细读来，入目，养心。那温婉的景致，如同一个相约而至的故人，在五月雨里浅浅走过来，没有落红满地，只有碧绿满墙芳满庭，可谓"绿阴生昼静，孤花表春余"。

雨后，芭蕉原本合卷如书札的油亮亮的叶子舒展开来，绿意顺着叶脉，似要淌到地上。"芭蕉分绿与窗纱"，古人的感觉一点也不夸张。"雨打芭蕉湿绫绡"，古诗里芭蕉总和雨联系在一起，诗人们的闲愁也总是顺着芭蕉叶的脉络蔓延。其实用不了雨的敲打，芭蕉自有其生命的节律，优雅舒展，从容和缓，平淡寂寥。

雨中的五月，蒋捷那句"流光容易把人抛，红了樱桃，绿了芭蕉"很应景。在芭蕉叶下站一会儿，我真感觉被流光抛了——

抛了，抛了，就慢慢变老了……

一个人，一座城市

那个被镌刻在花岗岩上的鲁迅，那个被"横眉冷对千夫指，俯首甘为孺子牛"标语化的鲁迅是不是真实的鲁迅？

5·12的祭奠

我的办公室书柜上放着一块石头,深褐色,形状如江上崖壁,峭拔嶙峋,石头上似有斑斑铁锈,如被烈火焦灼过一般。

这块石头采集于四川省广元市青川县东河口,时间是2011年7月的某一天。

在东河口地震遗址公园,有很多这样的石头。记得那时陪同我去东河口的青川中学的老师说,这些石头都是地震时,从对面的山上震裂崩塌飞到这里来的,所以很硬。对面的山就是地震中崩溃了的王家山,尽管崩塌的山体上已经长起青草,可是还能看到,山体像被刀砍过,裸露着一道道可怕的白痕。

一晃,地震已经过去了四年。时间永是流逝,流逝的时间淡漠了多少泪痕血痕，淡薄了多少悲伤痛楚，所有肢体上、心灵上的伤痕已经结了痂，可是季节重逢，在这个唯见五月豆蔻匆匆凋零的时节，思念并同伤痛像绿叶一样丰硕起来，这种情结韧如蒲苇，坚如磐石。所以，我也坚忍地以一块石头的形式，每年在这个日子祭奠逝者。

在东河口地震遗址公园里盘踞着一块地震石，长5.1米，宽4.8米，高3.2米，重150余吨，东河口本是一片良田，这块石头与附近山体崩塌出的石头材质迥异。所以它从何而来不得而知，更多的人相信是从地底下被挤压出来的。

在东河口地震遗址公园里还有一根木头，这根木头也有可能是从地底下迸出来的。木头如今如香炷一样竖立在东河口，高近4米，据说这里上千年前曾经发生过地震或泥石流，木头就是那时候被埋在地下的，2008年地震发生时，这根木头从地底下迸出来重见天日。其实说是木头也不对，应该说是石头，因为木头都已经炭化，刚硬如铁。

石头是苍天无颜、山河失色的见证，这些从地底下迸出来的石头要向世人昭示什么呢？石头无语，我也静默。

我想，我们要祭奠逝者，就要学会敬畏生命，同时也要学会在自然面前谦卑地活着。

当花开的挽歌撞响晨钟暮鼓时，我在公园里默默地走着，其实这儿真不该称"公园"，因为"公园"这个词语太过华丽了。同行的青川中学老师告诉我，地下100多米处埋葬着包括东河口小学师生在内的七百八十多个生命，我突然觉得我的步伐过于沉重，该要多么小心翼翼地走，才不会惊扰他们的长眠啊……

2012年5月12日，天空阴沉沉的，淅淅沥沥地下着雨……

古村、老房子及其他

城市在扩张，村庄在消失，家园在流浪。

我喜欢一次次地走向乡村，去寻找已经寂寞的老房子，为泛黄的记忆寻找一个个鲜明的注脚。

尽管有日渐兴起的乡村游，一定程度上保护了乡村的历史遗存，但乡村游也把一些古村搞得太商业化了，农家乐、KTV，有的乡村开始喧腾，乡村被城市兼容，而乡村固有的生命形态也因此被改变，老房子、老树、老井等乡村意象依旧日渐黯淡，悠缓的生活方式已经逝去。

我特别喜欢看老房子的肌理，并顺着斑驳的肌理看不再湛蓝的天空。老房子是时间的无限延展，天空则是空间的无限延展，贴着老墙看天空，是一种虔诚地听故事的姿态，墙上那颤悠悠的绿草是故事里那个生动的形容词，那画面里穿过的电线该是一段修辞吧！

一、石塘的石头屋

　　石塘，一个很厚实的名字，因石头屋闻名。五岙村的石头屋特别美，沿着半山腰层层叠叠到山顶，石材纹理清晰，多橘黄和赭石色，绿树掩映，蓝天衬托，如一帧油画，明丽清朗。

　　爬到一间石头屋前，一个阿婆正在屋前忙碌着。我问阿婆高寿，答：八九十了。山上的苇草枯黄了，阿婆去割来，晒干，扎成束，可以烧火。阿婆说子女都住城里了，她一个人住。

　　阿婆家住五岙村五岙里58号，一楼很昏暗，贴墙有一台土灶，灶台黑黑的，两口铁锅，两个木锅盖，土灶后面是一架木楼梯，踩上去嘎嘎呀呀地响，阿婆住二楼。

　　阿婆说现在来五岙村看石头屋的越来越多，有人要来买石头屋，石头屋早几年卖五万，现在可以卖到十二万了。阿婆家下面正在修一条沿海骑行道，带我去的学生说五岙村的房子马上要被承包开发。或许这儿马上就看不到袅袅炊烟，看不到在阳光下细数流年的安详，看不到扎苇草的阿婆了……

　　离开五岙村，驱车去流水坑村。相较五岙村，流水坑村都已经开始了旅游的节奏，搞起了渔家乐。村口有一座天后宫，供奉的是妈祖娘娘，大概村民有闽南后裔，妈祖娘娘塑得面容安详，可四壁配了几首李白的诗让我莫名其妙。

　　流水坑最有味道的要数一座像碉堡一样的石头屋，有一百零一年了。女主人三十多岁，在煮粽子，清香盈屋，石墙上挂着几张老照片，女主人介绍是祖上的遗像，房子已经没人住了，今天因为要煮粽子，需要用这台用木柴起火的土灶，所以才打开了房子。她热情地邀请我们上楼参观。屋主姓黄，祖上在南洋经商，回乡后筑此楼，楼两进四层，有十扇石窗，窗特别小，只有两本书那么大，除了采光，还有架枪射击土匪和倭寇之用。石头屋墙体坚固如崖壁，上面留有十六个弹痕。

二、箬山的石头屋

箬山，三面环海，地形如箬，故名箬山。居民多闽南惠安后裔。

《温岭县志》记载，明正统二年（1437年），福建惠安陈氏族人迁来箬山定居，此后迁徙绵延不断。陈氏是最早搬迁到箬山的姓族，渔业资本家陈和隆是陈氏中最有影响力的一家，他的旧居是石头屋中的"土豪"。

门窗、石柱、栏杆全用青石，规整清洁，上刻画有图案花纹，书画题词，精雕细刻，十分美致。大门一副对联"旧德溯东湖俭勤世守，新支衍箬屿义礼家传"，反映了陈氏源于福建惠安东湖、发迹于浙江温岭箬山的历史，以及陈氏家族恪守义礼、操守节俭的家训。楼房之间，设有多处夹壁、隧道、暗室、隐门相通。在兵荒马乱年代，可防盗匪抢劫，这与高耸的炮台和坚固的围墙形成一道防御体系。

整座庄园"依山作屋,架海为庐",下有水门,涨潮时,渔船可直接驶进水门,停泊于石头屋下,渔货可直接拉进仓库。整幢房子结构奇特又精巧。据说因为解放后房子做了乡办公用房,所以故居整体才得以保存得比较好,可惜的是,最雅致的二楼小花园只剩一角,未能见临海把酒赏花的原貌,只有一株树龄一百年的紫藤在石板夹缝中侥幸存活,至今依旧枝繁叶茂。读碑文《陈氏小园记》,尚可想象主人当年"呼朋饮酒,对客谈情,尽乐极欢"的豪爽之性和花草虫鸟的忘忧之情。

三、中央园巷的老屋

在温岭市城关镇(也称"太平镇")寻找"中央园巷"并不难,老温岭人都会热情地给你指路。

清《嘉庆太平县志·坊市》记载:"中央园巷,在县治东南五十步,旧称中阳园。"中央园巷东接坊下街,西至丹阳巷,都是纵横交错的石板街,现在有了许多水泥钢筋楼房,使得整个中央园巷老房子的格局范围已大不如前。长大街、中央园巷交叉口有一幢老屋,这幢老屋有三进,规格很大,估计以前住的是大户人家,这种大格局的砖木结构的老房子在温岭已经很少有了。从一小门走进老屋,看到牛腿等构件雕刻得很精细,老屋一角多年前已经坍圮,用水泥修补重建,和整体格调很不协调。

老屋还住着几个老人,所以不能进到房内参观。

老屋每一进都有一个天井，天井有设计精巧的下水道，再大的雨都不积水。天井中一个大伯在洗碗，洗碗用的是一个大石头盆，大伯很健谈，在抱怨："市政府不准拆房子，又不出资金来维护！"顺着大伯指向，发现老房子已有很多处椽梁腐朽，有几处已往下弯曲，住着也危险。我说："后进四合院天井中那口老井的井栏雕刻的图案很美。"他说："那是宝贝，不能卖，要不把洗碗的石盆卖给你。"大伯这句回答很自然，看来，来买老屋构件的人不少，如果没有立法保护，很多古物都会流失。

大部分的房间都空着，透着霉味，年轻人都选择逃离，这几个老人还在坚守，他们在天井中种了很多花花草草，花儿艳丽，让透着腐朽气的老房子有了一些生机。

四、东沙的石头屋

朋友向我推荐了玉环东沙的石头屋，东沙位于玉环岛最东角，现被定为省文化古村落。东沙的石头屋零散分布于水泥砖墙中，没有连片，也缺乏整体的规划和保护，严格说来，只能称为"文化碎片"。

石头屋的石材颜色不很明丽，又没有石塘石头屋做得规整，所以不是很有视觉的美感，石头是不规则的，石缝是黄泥石灰，风刮雨蚀后，沟条交错，渔民多用水泥修补，所以外观多呈水泥的灰色，石头屋越发显得阴暗。屋内也都是木结构，牛腿、窗棂、拱柱等构件雕刻得比较精美。我费了很大劲才在同福寺旁找到一家古藤缠绕的老屋，房子已经坍圮，台门尚存，外形是欧式风格，圆拱式的造型，端庄阔达，还有徽派建筑的镂空石雕，大气中不失细腻。

石头是房子的建筑构件，但房子的灵魂在于木雕和石雕。热心古建筑保护的浙大博导敬明兄曾和我聊起这些老石头屋现在最怕火灾。建筑是区域文化的固态化载体，很多老房子就在一场大火后消失，以石头为外墙、木头为椽梁的石头屋就成了黑魆魆的石头堆，家慢慢成了一个想象的概念，区域文化也就成了没有根系的记忆。

爬到东沙顶，见有一灯塔，建于1925年，至今仍孤寂地守望东海，为渔民指引家的方向。

五、楚门的东西村

玉环楚门的东西村，古名"竹岗村"。村口有一株张开巨丫的千年古樟树，枝繁叶茂，上有东嶴关庙，建于五代，宋淳熙年间，本村户部尚书戴明在此创办皆山书院，开玉环教化之先河。峰环绿翠，水转清碧，沿着一条山路，见建于唐咸通年间的灵山寺，该寺为玉环祖庭释源。

据《玉环厅志》记载：村里文臣有宋进士、户部尚书戴明，明进士、吏部郎中陈参及子陈钝，明进士、大理寺卿、刑部主事陈璋，进士、御史陈璮，武将有清澎湖总兵戴宪宗；既有东嶴关庙等重大历史事件发生地，又有陈参墓、戴明故居等杰出历史人物纪念地,印证了"自古高官出竹岗"之说。难怪宋淳熙十五年春,理学大师朱熹也千里来此寻访,并为戴氏宗谱作序。古月湖,是宋淳熙二年进士,绍熙二年户部尚书太子少师戴明故居遗址,戴明在此月湖边假山上会客朱熹。

出村口,见一古戏台,台上挂"奏其乐"匾,村里老人聊起故事,意兴盎然。沧海桑田,群贤毕集,风雅已为陈迹,离开东西村,一条清溪相送,耳际仿佛有古戏文咿咿呀呀清脆于竹峦。

六、江西菖蒲古村

江西井冈山的菖蒲古村号称"井冈第一村"。村里没见长有菖蒲,村周围到处是葡萄。

我们到古村,时值黄昏。看到青峦叠嶂,小溪环绕,古樟参天,飞鸟投林。村口一头小水牛睁着大眼静静打量着来客,村民坐在小店门口的条凳上聊着家常。

村民都姓尹,村里建有"尹氏祠堂",堂上挂匾额"合理堂",蕴含处事合理、和谐共处之意。特别喜欢祠堂门口一副长联"田舍垄中居阡陌纵横如画开心境,山水门前绕峰峦远峙若屏舒眼界",描尽山水意境,抒写人生情怀。祠堂现在是接待游客的餐馆。

古村的民居建筑是江南习见的徽派风格,青砖黛瓦,飞檐翘角,整洁宽敞的鹅卵石巷弄交错相通。特殊的是每户门楣上写有"勤劳俭朴""后来更好"之类训诫祈福文字,门上挂着一串串红辣椒,有的还有斗笠蓑衣,给人衣冠简朴古风存之感。

翠户半掩夕阳晖,柴火起灶,炊烟袅袅。我们在幽静的巷弄里行走,一只大狗带着几只小狗跟着我们,兴奋地摇着短尾巴……

行走姑苏

比起"苏州"这个称呼,我觉得"姑苏"更有江南味。"姑",在吴语里只是个前缀,无义,但这女性化的文字给人温柔婉约之感;"苏",则表示苏州地名由来。夏代有一著名谋臣胥,胥博学多才,精通天文地理,因辅佐大禹治水有功,深受舜王敬重,故得吴地册封,吴中便有了"姑胥"之称。然而,一是年代久远,二是"胥"字冷僻,再加上在吴语中,"胥""苏"二字发音相近,于是"姑胥"就渐渐演变成"姑苏"了。"苏"虽是从"胥"字转化而来,可繁体的"苏"字草字头,左下一个"鱼",右下一个"禾",正体现出江南丰草绿褥、鱼米肥美的特征。"姑苏"两个字和韵,发音短促,从江南人口中轻轻滑出,越发显得含蓄、清丽、典雅。

姑苏的自然情韵、文化特性从这两个字中就能显露出来。

姑苏有个古镇叫"山塘"。当地有民歌:"上有天堂,下有苏杭。杭州有西湖,苏州有山塘。两处好地方,无限好风光。"把西湖与"山塘"联系起来是很有道理的,西湖有一条堤叫"白堤",原名"白沙堤",后为了纪念在公元822年至公元824年担任杭州刺史的唐代大诗人白居易,感恩他为杭州做的功绩,改名"白堤";苏州的"山塘"则是公元825年白居易任苏州刺史时募工凿河砌堤而成。——两处风光,都记录了白乐天体察民情、系念苍生的兼济情怀。

有一次,美国朋友来,游览了杭州后自然想去苏州,于是就带他们游了山塘古镇。古镇有一条西起虎丘东至阊门的山塘河,山塘河与七里古街并行,河街相邻,江南水乡特色鲜明。游山塘古镇最好乘船,泡一壶碧螺春,船娘吱呀吱呀地摇着橹,游船悠悠晃晃,水面涟漪荡漾,时而有爬满藤蔓的拱桥俯卧水上,投下婀娜的倩影,穿着旗袍撑着绸伞的女孩儿三三两两地从桥上走过,一串串银铃般的笑声抖搂在水波之上。两岸是粉墙黛瓦的民居,疏朗有致,"君到姑苏间,人家皆枕河"。偶尔有妇女临河浣纱,游客咔嚓咔嚓地拍照,她们也不抬头,捣衣声随着一圈圈的波纹扩散开去,和着桨橹的节奏,成了一支特别婉约、悦耳的江南民谣。这时不知从哪里传来了评弹乐音,弦乐铮铮,音调清亮,时而抑扬顿挫,时而轻快柔婉,估计是在演绎一段金戈铁马、叱咤风云的豪杰故事吧——

弃舟登岸。但见街面店肆林立,会馆聚集,踏着斑驳的青石板漫步老街，沧桑而又极富韵味的小楼一幢连着一幢，漫步其中，吴侬软语入耳，清淡茶香入鼻，悠闲情味入心。

在姑苏，许多园林蜚声中外，如拙政园、狮子林、留园等，所以园林也成了姑苏游玩必去之处。园林多为文人私家花园，传统文人写意山水，"覆篑土为台，聚拳石为山，环斗水为池"。作为游客，徜徉其间，移步换景，小巧玲珑中见莫测变幻，方寸之间显诗情画意。假山磐石，秀木鱼池，穿廊走榭，亭台书阁，是那么的精致典雅。一扇雕花窗，一池红锦鲤，三两竿修竹，四五只天鹅，足见布局之新巧；长廊迂回，小亭精巧，怪石嶙峋，幽兰清香，方觉情调之雅致。姑苏的灵动秀美尽在其中。

去年又去了一次姑苏。经朋友推荐，晚饭安排在老字号"得月楼"，尝的是"松鼠鳜鱼"等苏州名菜，喝的是同里红黄酒。饭后走出观前街就踱到平江路，平江路虽与观前街仅一巷之隔，但其清静古朴的生活气息与咫尺外的观前街鼎沸喧哗迥然不同，恍若两个世界。八百多年来，平江路依然保留了它河路并行的格局、肌理和长度，小桥流水、粉墙黛瓦，淡了观前老街商业味，浓了温雅清丽姑苏情，这里更值得你慢慢地走，细细地品。累了，喝杯清饮，听评弹赏昆曲。走过悬桥巷，如果能记起洪状元娶赛金花的佳话，还可以好好地回味一番，徜徉在人群中，听着甜丝丝的吴侬软语，好像觉得哪个街角会走出那个风韵优雅的穿着旗袍、刺绣扇子半掩面的赛金花来呢！

江南是诗性的，诗性的江南秀丽多情，充满阴柔之美。清雅淡然的姑苏是一个端庄的姑娘，从旧年画上走出来，穿着旗袍，娉娉婷婷地走在山塘河的拱桥上，走在平江路的青石板上，丹唇微启，皓齿如月。

行走姑苏，就是在等候一次美丽的邂逅。

记卡尔曼老头

今天整理照片,想起卡尔曼来,一个热情又倔强的老头。头顶头发已掉光,脑门浑圆,锃亮锃亮的,只在两边耳际留着一小圈白发,眉骨凸出,八字眉下深陷的眼窝里藏着一双很有神的褐色眼睛,聊天时喜欢锁紧眉心,眼睛越发显得小了。

老头很胖,腰围特别粗,典型的梨形身材。或许是因为胖的缘故,他特别会出汗,老拿着手帕擦光光亮亮的脑门。老头爱喝酒,地下室有个小小的酒窖,里面储满了各种红酒和啤酒,我到德国的第一个晚上,他就请我喝啤酒。遗憾的是我酒量差,半杯下去就脸红,老头也不劝,自顾自地喝,花白胡须上沾着啤酒的泡沫。

在和他相处的日子里,总让我想起高尔斯华绥的《品质》里的鞋匠——格斯拉兄弟,同是日耳曼民族,同样固执得有些僵硬，但是很诚恳。

　　老头居住在卡尔卡市，这是德国西部的一个小城镇，在克雷菲尔德附近。城镇中央是一个鹅卵石铺成的市民广场，说是市民广场，其实就是几十平方米大的地方。市民广场不远处是一所学校，我去听了几节课，校长很热情，特地为我举行了一个欢迎仪式，还请来了卡尔卡市的议员参加。

　　小镇几乎每户人家的阳台窗台上都养着漂亮的鲜花，卡尔曼家也一样，而且有个生机盎然的小花园。我每天早上起来跑步，沿着卡尔曼家边上的小河，到市民广场，再出去就是木栅栏围成的牧场。每家的牧场之间都是成排的高大树木。清晨，牛羊在牧场吃着草，一条狗在小路上悠闲地游荡，很警觉地看着我这个陌生人。

　　卡尔曼带我去看各种各样的城堡，山上的、水中的，每个城堡都可以让我待上大半天，他不介绍，也不催促，任由我在里头细细琢磨那复杂的建筑结构，欣赏陈列的精美艺术品。

　　除了看城堡，卡尔曼还带我去看科隆大教堂，那是座高大壮美的哥特式建筑，与巴黎圣母院、罗马圣彼得大教堂并称为欧洲三大宗教建筑，然后是去参观他的老家——"双立人"刀具的发源地。在一家手工作坊里，一个老艺人用最原始的方式加工剪刀，他架着老花镜，很热情地和卡尔曼打招呼。老头脸上有一丝骄傲，为他的家乡，为那出自他家乡的世界品牌。

　　老头很节约。有一天下午他说要带我出去转转，原来是要去给他的奔驰车加油了。没想到他是开到荷兰境内去加油，他告诉我,荷兰有壳牌,油价比德国便宜。开到荷兰加油站,等待加油的队伍老长,竟然很多是德国人。等了一会儿,队伍才挪动了几米,老头有些不耐烦了,就开到前面去"加塞"。几个德国人,摇下车窗斥责他。老头有些恼火,掉头就走,油最终没加上。一路上他闷闷不乐,表情很严肃,我坐在副驾驶座上也不敢和他交流。开到半路,他突然停车,边上是一片绿地,铁艺栏杆围着,推开虚掩着的铁门,墙上有一块大理石,上面镌刻着第二次世界大战时英联邦国家在德国战死的士兵人数,我这才明白,这儿其实是德国人为这些士兵修建的集体坟墓,一个个墓碑上铭刻着死者的名字,碑前错落有致地种着娇艳的花朵。老头神情特别肃穆——德国人能这样反省二战,真的让人尊敬。

——那天回去后,老头依然喝很多的酒,聊很多的话。

印象最深的是他带我去德国西部城市 Wuppertal 看悬挂式列车。这个城市中文翻译为伍珀塔尔,是个老工业城市,恩格斯的故乡,也是"世纪之药"阿司匹林的发明地。悬挂式铁路在德语中被称为"Schwebebahn",即"漂浮火车"。伍珀塔尔的悬挂式铁路建于1900年,是电能驱动,零排放,真正的绿色环保,列车虽历经两次世界大战、各种各样的事故和其他动荡事件,但自1901年以来,这个奇特的交通工具一百多年来几乎从未停止过运营。卡尔曼老头带我去看悬挂式铁路大概是想告诉我:别看我们经济有些萧条,但德国的重工业是世界上没有一个国家能望其项背的!我站在静谧的大街上,不远处,伍珀河缓缓流淌,列车在具有鲜明的工业时代印记的建筑上呼啸而过,大街红色砖房的墙面上是一些抽象的涂鸦。卡尔曼老头看着列车远去,目光深邃,他那臃肿的身影被德国夏日的阳光拉得老长老长,清晰地留在我的记忆里,现在回忆起来,我似乎还能听到他呼哧呼哧地喘着粗气,还记得他抱歉地告诉我因为时间关系我们坐不上列车了。

德国夏天的太阳要到晚上十点才落山,所以,我们的晚餐一般从晚上六点半到十点,喝酒,喝茶,喝咖啡,吃牛排,吃水果,吃甜点。卡尔曼的爱人很贤惠,会做很多好吃的,晚餐时,她总是在厨房不停地忙碌,我很是过意不去。卡尔曼有时会对妻子发火,用德语,我虽听不懂,但能感觉到,可卡尔曼夫人只是偶尔嘟哝几句,不和他争辩。

记得看城堡的时候,我拍了他们拉着手散步的照片,并和他们合影,很温馨。我送给老头的礼物是一幅我亲手写的"寿"字,挂在他们家楼梯的拐角处。

不知道老头现在怎样,但愿他们夫妇能康康健健。

旅欧小记

2015年9月24日，我带领师生团访问杭州市友好城市瑞士卢加诺市。卢加诺毗邻意大利，故而有机会到卢加诺周边城市和意大利一游。是以为记。

一、卢加诺

说卢加诺是个旅游城市，不太准确，群山环绕一个湖，景点的旅游味真不浓。进一步可以说，卢加诺真不像个城市，哪有一个城市会闲散成一个乡村？！

一个湖成了一个城市的灵魂，它就有无穷的张力，扩展到巍峨群山，它那慵懒散淡的气质也就转化为无穷的魅力，让人无法躲匿。卢加诺湖极其平静，平静到可以包容一切。湖是拒绝匆忙脚步的,所以,我会慢,再慢,一直慢到可以听到自己的呼吸。湖那悠远的深邃的蓝蔓延到山际,山边是一圈意大利风情的红房子,倒映于水中,如同画家手中的矿物颜料调色盘,给卢加诺湖镶嵌上一轮美丽的花边。地中海的风爽朗地吹着,和煦的阳光铺满湖面,几只大肥鹅伸着长长的脖子,自由地游弋。此情此景,真适合放空自己,让无限的遐想在清澈透明的湖面跳一段华尔兹。

卢加诺的风景没有压力,只有浸淫;卢加诺的风景没有时间,只有沉溺。我就这样自自然然地向一汪碧水投降,放下一切,让自己沉浸在这蓝色的梦幻天堂里,不能自拔。

终于明白,自然是最崇高的宗教。

二、贝林佐纳

我很欣赏贝林佐纳人说的:对于祖先的遗存,我们除了保护,没有什么可做的。

贝林佐纳是瑞士提契诺州的首府。世界文化遗产贝林佐纳城堡由卡斯特尔格朗德、卡斯特罗·蒙特贝罗和卡斯特罗·萨索·科尔巴洛三座城堡组成,位于石峰之巅,俯瞰整个提契诺谷。它是阿尔卑斯山区中世纪防御体系的重要见证。穿行其间,站在十字瞭望口前看外界,红色的意大利风格的房子点缀于葱茏绿意之间,尽管是那么的祥和静谧,但我仿佛听到震耳欲聋的炮火声,听到瑞士联邦士兵把巨大原木推下山谷时发出的巨响。想象着勇敢的士兵在弥漫的硝烟里，穿过枪林弹雨，穿过断壁残垣，满身鲜血，带着掩面的尘土，匍匐过层叠的尸体……六百名瑞士联邦士兵依仗城堡战胜了一万名米兰士兵，多么了不起啊！以至于梵蒂冈教廷至今还用瑞士士兵作为护卫。

——战争的尘烟散去，历史的背影以文艺复兴时期的回廊和伦巴第风格建筑的形态清晰地矗立在山上。

——以瞻仰的姿态去凭吊。

三、琉森

琉森最有名的是卡佩尔廊桥，这座两百米长的廊桥横跨在琉森湖上，贴着红尖顶的水塔，折出一个优美的"7"字形。有着童话般明亮色彩的廊桥倒映在碧水之上，荡漾出最美丽的表情和最婀娜的姿态，浪漫情怀的人总会编织一段美丽又忧伤的廊桥遗梦。

然而，在琉森，让我最感兴趣的是那头濒临死亡的狮子雕像——马克·吐温誉之为"世界上最悲壮和最感人的雕像"。面带痛苦和忧伤的雄狮匍匐在地上，前爪按着盾牌和长矛，盾牌上有瑞士国徽，一支锐利的长箭深深地插在它的背上。雕像是为了纪念1792年法国大革命时为保护路易十六国王和玛丽王后而战死的七百八十六名瑞士雇佣兵。

阿尔卑斯山养育了瑞士人，也培养了他们骁勇善战的秉性，曾经，他们为了生存选择去当雇佣兵。现在世界上最富裕的瑞士人选择了中立,他们不再为金钱而去参加战争,更不要说当雇佣兵了。但不管怎样,一个勇敢而忠诚的民族永远值得我们尊敬!

四、罗马圆形竞技场

这是背负着古罗马血腥史的建筑!

那天,圆圆的太阳挂在这圆形建筑上,强烈的光影对比勾勒出竞技场雄浑壮阔的形体,竞技场肃杀悲壮的神态并没有被阳光冲淡。当我随着游客长长的队伍缓缓地走进去时,似乎仍然可以听到两千年前疯狂的观众地动山摇般的呐喊,似乎还能听到凄厉的声音在残垣间回荡。我可以接受震撼,但心理上是拒斥野蛮的。

公元8世纪时,贝达神父曾预言:"几时有圆形竞技场,几时便有罗马;圆形竞技场倒塌之日,便是罗马灭亡之时;罗马灭亡了,世界也要灭亡。"公元1084年,日耳曼人打进罗马城,古罗马城被洗劫一空,圆形竞技场也被人遗弃,一时曾成为人们挖掘大理石作为建筑材料的地方。这部分应验了贝达神父的预言。

但今天,罗马城依旧存在,世界也没有灭亡,历史不断翻开新的篇章,文明如秋阳般温暖地普照大地……

五、梵蒂冈圣彼得教堂

这是世界最大的天主教堂。

彩色花玻璃勾勒出美丽的图案，米开朗琪罗的《圣殇》、贝尔尼尼的青铜华盖给人以无限的遐想，巨大的管风琴发出深沉的宗教音乐，一切都是那么的神秘莫测。

美学大师宗白华曾经说过，世界最美的艺术来自宗教。宗教赋予艺术家以热情，然而东西方艺术的呈现形态又是那么的迥异。东方佛教建筑石窟塔庙、经幢牌坊、钟鼓禅院多隐居于山水，黑瓦黄墙，典雅庙堂，曲径通幽，追摹自然。

而贝尔尼尼、米开朗琪罗等设计的圣彼得广场和大教堂重在外现信徒心中的宗教激情。圣彼得广场的三百七十二根石柱和四十座圣人雕塑把信徒内心的迷惘和狂热、幻想和茫然都化成实在的视觉形象，借助这形象进一步把信徒的情感推向更高的境界。这么宏阔的建筑似乎整个都浸泡在沸腾的宗教激情中，超凡的巨大尺度，强烈的空间对比，神秘的光影变幻，配以雕刻的体形，激情飞扬的动势。

所有华丽又庄严的词语都可以用来修饰这座第一大教堂。

当宗教以外的我们从广场长长的回廊缓缓地进入大教堂时，真有一种穿越之感，赞叹之余又不免产生了些许迷惑……

六、威尼斯

威尼斯,是个可以拧出水来的名字。

我是在高中课文朱自清先生写的《威尼斯》里认识这座水上丽都的,然后知道了威尼斯电影节,然后知道了这里人喜欢取圣人"马可"的名字,然后有了眼前华美的玻璃杯和黑色的墨鱼面。

水巷是五线谱,黑色的贡多拉是灵动的音符,初来乍到,你是不知道威尼斯会给你演奏怎样的华美乐章。

圣马可广场摆着的精致的面具特别迷人,一个浸泡在水中的城市就好像一个戴着面具的神秘女子,总有许多许多让人捉摸不透,尤其对于我这个匆匆一瞥的过客。

圣马可广场有一个花神咖啡馆,装潢古色古香,据说已经营业了两百年,拜伦来过,歌德来过,狄更斯坐过,卢梭坐过……露天座位一杯咖啡二十欧元,太贵。你可以选择站着听,听老乐手精绝的演奏,如果凑巧,圣马可教堂近一百米高的钟楼钟声刚好敲响,那种感觉是最美的。

那天阳光正好,天空很蓝,海水很绿,屋顶很红——

台州式的硬气

每次给学生上《为了忘却的记念》一文,读到鲁迅先生赞扬柔石有"台州式的硬气"一句,身为台州人,自然升起满满的自豪感。

鲁迅把方孝孺看作是"台州式硬气"的代表性人物,把柔石和方孝孺勾连起来,一是因为他们都是宁波宁海人,宁海原属台州,习俗和天台、临海相近,方言也是接近又硬又耿的台州话;二是因为两人品性上都有台州人刚直的一面,台州人喜欢用"石骨铁硬"来形容一个人的"硬气",这两人的脊骨都是"石骨铁硬"的。

古台州的文化并不发达,穷山沟里出个像方孝孺这样的大学者也是靠"硬气"。《明史·方孝孺传》里记载:"尝卧病,绝粮,家人以告,笑曰:古人三旬九食,贫岂独我哉?"——你看,读书也读得那么"石骨铁硬"。

可惜,方孝孺生不逢时,燕王朱棣发动"靖难之役",京师被破,建文焚死,城头变幻大王旗,方孝孺自然也成了阶下囚。朱棣的谋士姚广孝了解方孝孺"石骨铁硬"的秉性,深知他绝不会背主屈膝,于是专门请求朱棣:"城下之日,彼必不降,幸勿杀之。杀孝孺,天下读书种子绝矣!"——士不可杀,"天下读书种子"的方孝孺不可绝。然而,对于皇权而言,再了不起的硕学鸿儒也卑微如草芥,只是明枪暗箭中溅出了一滴血,马蹄奋鞭后扬起了一缕尘。

然而,杀就杀吧,砍头不就是个碗大的疤。可人家有更狠毒的,把方孝孺架到金銮殿,有模有样地"降褐迎劳",命方孝孺为自己的登位大典草诏,貌似招安,实则给世人一个冠冕堂皇的杀人理由。

方孝孺果然"投笔于地,且哭且骂曰'死即死耳,诏不可草'",在朝堂上把即将登基的皇帝骂得狗血喷头,方孝孺唯求一死。为了制止孝孺的谩骂,朱棣命武士用刀割碎孝孺的嘴,从两腮一直剖至两耳,孝孺还是骂不绝口,结果被磔死于聚宝门外。然后,更惨烈的事发生了:"妻郑及二子中宪、中愈先自经死,二女投秦淮河死",方家被灭十族,即在灭九族的基础上增加了他的门生,"宗族坐死者八百七十三人"……

"自古节义之盛,无过此一时者"!真是惨绝人寰啊!

江山易主,马上举起白旗,磕头效忠的大有人在,当方孝孺在金銮殿上破口大骂时,表面恼怒的朱棣或许正暗自高兴,他就喜欢看到把刀架在这个台州人颈项上,在他眼里,再硬的人格也敌不过一把钢刀。为了以儆效尤,他可以无所不用其极……

近五百年后,另一个宁海人柔石在上海东方饭店参加讨论王明路线问题的会议时,因叛徒出卖,遭国民党军警逮捕,后移送到国民党上海龙华淞沪警备司令部牢房,被钉上重达十多公斤的铁镣——"半步镣"。在狱中,柔石坚贞不屈,最终头部和胸部连中十弹,壮烈牺牲。鲁迅评价说:"无论从旧道德,从新道德,只要是损己利人的,他就挑选上,自己背起来。"

说到底,柔石和方孝孺这两个台州人真的都太善良了,他们想象不到现实会残酷残忍到如此地步。

这两个台州人都是用生命证明了自己的忠贞与刚直!然而,刚直到了极致会变成强悍。天台作家许杰写了一篇小说《惨雾》,内容是一个新媳妇回娘家玉湖庄后,亲眼看见对岸环溪村的丈夫冲过来械斗,被活活戳死,拖过来放在祠堂前的右面石板地上……悲壮而又残忍的聚兵械斗的场景让人心惊肉跳。天台另一位作家陆蠡的小说《竹刀》,写了一个天台硬汉,他拿竹刀刺死盘剥他的木行老板,被警吏捉去后,别人不相信他能用竹刀刺死人,他拿起那把竹刀,猛地刺向自己的左臂,以致刺断动脉流血过多而死,从中能看出台州人性格的剽悍刚烈。

从纯朴到强悍,其实也只是一条溪沟的距离。以天台为例,始丰溪两岸村庄,就经常打架。村庄以水分界,但水倒来倒去就分不清了,沙渚是土地,为了生计,只得争抢、打架、械斗,土枪土炮都架起来了。面对穷山恶水,陷入生存困境的时候,原本粗糙、阳刚的台州人就变得斗狠剽悍，所以台州民间习武者众，台州的"缩山拳"据说是"胆为拳先"，攻击性很强。

台州人"硬气"里有质朴刚强的一面，也有固执迂腐的一面，这就是鲁迅所说的"颇有些迂迂"。有"硬气"本是褒义词，"石骨铁硬"不懂应变，不知迁转，就未必是好事了。

想想方孝孺真是迂阔，都是姓朱的在斗，父子斗了，叔侄斗，斗来斗去，天下还是姓朱的，关你方孝孺什么事，自己英勇就义也罢，妻子戚族乃至门生都成了这一事件的牺牲品，令人悲慨啊！如今，世人多赞方孝孺无与伦比的涵养学识和卓尔不群的人格，却少提他倔强、迂阔甚至迂腐的一面。

还有一个更迂阔得可爱的台州人。临海东湖后湖有一个樵夫祠的遗址，樵夫者，砍柴人也，一个砍柴人有什么值得立祠纪念？说来也巧，几乎与方孝孺是同一个原因，当年这个樵夫听到朱棣杀了侄子做了皇帝后，悲愤交加，竟投湖而死！我的台州人呀，你实在也太迂了，如果说方孝孺以身殉职，毕竟人家是朝廷命官，为主子尽节体现了一个"忠"字，你一个在荒夷之地砍柴的，让一家老小吃饱喝足就是你生活的全部，管他谁当皇帝呢？你操那么大的心干吗呢？

还是那一个天台平桥的作家陆蠡，1942年的时候，抗日书籍被日本宪兵队没收了，他竟然不顾家人和朋友的劝阻，拧啊轴啊，亲自去巡捕房交涉，非要论出个理来，这真是与虎谋皮啊！自投罗网的结果是壮烈牺牲。

这样的故事很多，别的地方的人会很不好理解，临海人却要为那个砍柴的建祠塑像,以彰显他的忠烈。——台州人打心眼里就是要为这种刚烈和迂阔到骨子里的人点赞!

我总觉得台州人这种刚直、固执和一根筋的性格和地理环境有关系。古台州地处瓯越,七山一水两分田,闭塞的环境造就了台州人闭塞的性格,有了如山的沉稳、厚重、险峻,却缺失了如水的生动、激灵、阔达。

今年寒假,天台的朋友陪我去探访平桥的张思古村,古村田畴绣错,青山拱列,绿水襟绕。村里还保留多处古宅,门楣素朴,屏墙简洁。古宅里藏着一段苍茫的故事,当地老人把它取名为"忘却的记忆":村里有一个叫陈琴英的才女,师范毕业,写得一手美丽的小楷,文笔清新。解放前,她的丈夫曾任仙居县国民党部秘书长,后弃政从教,到杭州一所中学任校长,解放后因这段历史被揭发,被流放大西北,从此便杳无音信。陈琴英原在街头小学任教,后被打成"四类分子",艰难的生活没有摧垮这个瘦小的台州女子,她坚忍地把子女培育成人,活出了"台州式的硬气"。

走出古宅,恍若隔世。吉光片羽,静穆安详,鹅卵石拼花天井、逼仄的青砖古巷将具有历史感的古宅衬出旧时光的质感。那旧时光里,总有一种硬朗雄浑的声音如黄钟大吕一样在台州的天地之间激荡……

太平杂记

温岭地处台州,东临东海,西承天台,北接会稽,南衔闽瓯。县里有温峤镇,县域又多岭,故称"温岭"。当地人则爱称自己为"太平人","太平"是古地名,明成化五年置太平县(县以境内太平岩得名)。比起"温岭","太平"这个称呼更具有美好而朴质的期许。我大学毕业就在太平教过书,当了七年太平人。刚工作,天天和学生泡在一块,很少出去玩,只远看过石夫人,爬过方山。

石夫人是太平标志性的一个景点,奇峰耸峙,孤根兀立,卓然超俗的姿态,使之颇具娟娟秀色,石夫人千百年来俯瞰着太平的沧桑变迁。县域西部有方山,明代谢铎誉之为"东南第一名山"。方山属雁荡山余脉,山中多危崖绝壁,层峦叠嶂,环拥绵亘,深壑绝涧,异洞神穴,碧水飞泉,绝美胜景,尽在眼力所及之处。

太平有很多美食，最有名的早点当数泡虾和嵌糕。泡虾是海虾裹面粉在油里炸过，嵌糕则是手工年糕里"嵌"进各种食物。记得那时我都是在学校边上的一家嵌糕店用早餐，百吃不厌，离了太平还是念念不忘这儿的早点。这次到太平，朋友先引荐我去了一家水米糕店。几年过去了，价钱涨了，从原来的几块钱到现在的几十元。不变的是，泡虾依旧外焦里嫩，嵌糕还是外黏内松。我们没点绿豆面，点了一碗桃浆，桃浆也是太平人喜欢喝的甜点，清凉可口。

一份早点，勾起十多年前在这儿生活的细细碎碎。味蕾是最直接的媒介，对着一口碗一双筷最容易生发原生活的回忆，这很简单很质朴，但很真实。我们喜欢关注宏阔的大叙事，忽视凡人的小叙事，记得张爱玲说过，凡人比英雄更能代表时代的总量。其实，凡人小生活里有小情趣，小叙事里有大写意、大生命。就像今天，排着长长的队伍就为了尝尝十多年前钟爱的小吃，小情节很生动——

白天，我们一行去了江厦乡梅溪之龙鸣山麓的明因讲寺。群山环抱，峰峦簇拥，曲径通幽处，青溪绕古寺。明因讲寺僧人专修天台教义，寺内设有梅溪讲舍，二十年前我曾在这座千年古刹听国清寺高僧讲佛学，一炷清香，法师把深奥的佛学讲得浅白易懂，给我留下深刻的印象。今天和朋友重访古刹，看到古木参天，林宇巍峨，佛像庄严，境界湛然。世事纷杂，人有时需要这么一块洗涤尘襟之处。明因明因，明因方能识果，人活一世,草木一秋,皆在这"明因"二字中。吾等匆匆一瞥,能开启智慧,洞明世事哉?

夜宿温岭松门东山(不知山名,位小镇之东,姑妄名之)一寺庙,晨起看日出。海风刺骨,鱼味腥人,一钩下弦月挂在混沌之中,孤寂清冷。霞光慢慢漫上来,染红左边那一串串云彩,太阳探出半张脸,一抹灰色的云遮着,如戴着纱巾的维吾尔族舞女,有些羞涩。背后的松门镇也在云雾中层次分明地出现,眼前的苇草热烈起来。太阳突然跃出来,愣愣地看着月亮。小时候常在海边看日出,只觉日照红光,很是壮丽。年纪大了,再来东海边看日出,尤其在这个冬日里,更能感受世界冷暖就在一瞬间转化,看着海上日出,顿觉温暖之可贵、光明之无价。

人对万物的情感与体认,都要经过时间的淘洗。世事原应简单,世象本不迷离,走过沧桑,才发现曾经的绚烂被光阴冲洗成了沙滩上的一枚贝壳。太平依旧太平,一切祥和,我匆匆离开,又匆匆回访,只是为了圆一个梦,让所有思念的情愫凝成一朵花,开在心头,净化着世俗风气,纯洁无瑕。

一个人，一座城市

今天和学生一起去绍兴旅游。我实在记不起来自己是第几次去绍兴了。

第一次去绍兴，印象中，好像是1989年，那还是我读本科的时候，系里组织去绍兴采风。我和同学挤在绍兴县委党校招待所那个小房间里，花了好几天考察绍兴的人文环境。记得去之前学校里有个叫蔡根林的老教授还给我布置了任务，要我回来时交几首诗歌，可我真没认真地写，几天考察我始终带着速写本，一边记录，一边画速写。回到学校才记起蔡老先生要我完成的任务，于是苦思冥想，搜肠刮肚，写了几行，并带上速写本到蔡老先生家，我迄今还记得蔡老先生看好后，说："画画得不错，你画了几年了？"——除了夸赞我的画，竟然压根儿不评价我的诗歌。后来读了蔡老先生的诗歌，知道他是北大大才子、学校学报的总编,我这个愣头青于是羞愧难当,虚心地跟蔡老师学习写诗歌。前几天师大的老师来杭州,聊起这段往事,知道蔡老先生已经仙逝多载,忆昔抚今,唏嘘不已。

后来几次去绍兴,印象比较深的一次好像是在1999年的夏天。我的两个女学生接待了我,仔细安排了我在绍兴一天多的行程,一个还陪我旅游,说,一定要让我体会一下真正的绍兴味。我以为又是要到咸亨酒店,来一碗绍兴女儿红,上一碟茴香豆,再添一碟臭豆腐干,体味一番江南风情。出乎意料,学生竟然安排我坐船夜游环城河,这让我收获很大。戴着旧毡帽的艄公端坐在船尾,用脚踩着桨,手上把着舵,古雅的绍兴就这样在橹声咿呀里,呈现在我的面前。没有炫目的霓虹,河旁白墙黑瓦的民居,依稀亮起的几盏大红灯笼,烘托着一河的朦胧。柳丝拂面,温柔地撩拨,夏夜,喧嚣隐退,绍兴城安然、静谧,这是吴冠中先生画笔下的诗性江南。夜打着瞌睡,黛瓦粉墙已沉沉地睡去,船窄窄的,河也窄窄的,一个浣衣的少妇,蹲在河边,轻轻揉搓着水里的衣物,船划过,波漾去,没过她的皓腕,头也不抬……

每次去绍兴,总是要去鲁迅故居,今天亦然。绍兴多名人,仅仅在现代,令人仰止的就有蔡元培、经亨颐、马一浮、马寅初、夏丏尊、竺可桢等,这些名人构成会稽山脉雄廓的背景,昂首走在最前面的是短发竖立、面庞消瘦的鲁迅。

一个人,一座城市。鲁迅成了绍兴的一个别称,一个一米六一的"矮人",却以他高大的思想支撑起一座城市的精神,这真是奇迹。

对鲁迅,我没有做什么研究。攻读硕士时,导师黄健先生是个鲁迅研究家,所以常聆听他的教导。从小到大,我所接触到的鲁迅都是在媒介传播中被意识形态化了的鲁迅。当鲁迅被意识形态化了的时候,绍兴的灵魂也被空洞化、扁平化了,消解了兰亭曲水流觞的雅趣,淡薄了青藤竹掩自在岩的逍遥,冷漠了沈园残壁《钗头凤》的遗恨。貌似拔高,实则流失了钙质,抽离了脊髓。曾经和鲁迅孙子周令飞谈起鲁迅,他谈了他爷爷的趣事,说1926年鲁迅到厦门教书,一个人在相思树下思念在广州的许广平,一头猪不识相,跑过来,啃地上的相思树叶,鲁迅很恼火,撸起袖子就跟猪搏斗,一个老师跑过来,问他你怎么跟猪打架,鲁迅说老兄我不能告诉你……鲁迅想念许广平,靠在一个有个许字的墓碑上合影,寄给她,多浪漫多可爱的一个人!我曾在和鲁迅成为知己的萧红的文字里读到:"鲁迅先生的笑声是明朗的,是从心里的欢喜。若有人说了什么可笑的话,鲁迅先生笑得连烟卷都拿不住了,常常是笑得咳嗽起来。"生活化的鲁迅比起神圣化的鲁迅更有趣更使人亲近,我想是不会因为其斗猪和明朗的笑就会淡漠思想的深刻性的。又想起鲁迅之子周海婴先生去世,我才知道,鲁迅给儿子取名简单到极致:上海出生的婴儿。我在今年4月11日给周海婴先生的吊唁词里写道:"您——鲁迅之子——一辈子想走出鲁迅的影子却不能,鲁迅因为伟大被世人敬仰,您因为平凡被世人铭记。"在鲁迅故里想起这些,又令人慨叹良多!

今天，我站在周家台门前，看着鲁迅故里游客熙熙攘攘，喧哗沸腾。在现今这个倡导文化与经济联姻的时代，"经济搭台，文化唱戏"是行政主管部门常对着高音喇叭唱的调子。文化被经济绑架了，文化被物态化，成了一种消费品，于是鲁迅自然成了绍兴的"镇城之宝"，成为绍兴的所谓"金名片"。可在花钱消费"鲁迅文化"时，我突然有些茫然起来，眼前整齐划一的菜地是"碧绿的菜畦"吗？那个"石井栏"的光滑是不是因为被东南西北的人触摸过？闪光灯下的那棵树就是"高大的皂荚树"吗？那个被镌刻在花岗岩上的鲁迅，那个被"横眉冷对千夫指，俯首甘为孺子牛"标语化的鲁迅是不是真实的鲁迅？还有，还有那日益浑浊的鉴湖水还能酿造出香醇的花雕酒吗？

我在时空交错里困惑。可我只是个过客，匆匆而来，在熙攘人群中挤上一圈，困惑也是短暂的，在古轩亭口，我登车离去，看着两旁那些不知从哪儿移到城里的树，心亦释然了——

还是怀念起那次夜游绍兴，当喧嚣退场后，听一曲越音清唱，仿佛看到一位云鬓高绾、长裙飘飘的前尘女子，在吴音温软的江南，款款而来，这应该是我眼里清婉的绍兴吧？可以平凡得如桌上那梅干菜色碟子里的茴香豆，可以雅致得如木格窗棂上凸显着的一朵朵小花。这是生活化的绍兴，难道不也是人文化的绍兴吗？

走近阴山

我们对于阴山的形象的生成都是从那首古老的歌谣开始的,"敕勒川,阴山下。天似穹庐,笼盖四野。天苍苍,野茫茫,风吹草低见牛羊"。

阴山的蒙古语名为"达兰喀喇",意思为"七十个黑山头",包括狼山、乌拉山、大青山、灰腾梁山、大马群山等一系列山系。

我去阴山是在1998年,那是在夏季,喘着粗气的列车沿着阴山山脉前行,车窗外是大片大片的已经抽穗的苞谷,苞谷地和果园被成排成列的杨树分割成方方块块,黄绿分明。八月的冲积平原上,还能看到大片大片的葵花在高原风的撩拨下,高昂地起伏着,站在凡·高画前的那份理念化的金黄色激情在敕勒川上具象地涌动。偶尔有装满秸秆的农用车从泥地上颠簸着驶过，扬起一阵尘土，车道旁的灌木就在尘土飞扬中孤独地立着。再远处有几座寺庙，喇嘛庙多红墙黄瓦，色彩鲜明，热烈地点缀在阴山山麓，经幡、白塔、金顶、转经筒和藏式阁楼，这些宗教的符号成为这座古老山脉最神秘的注脚。

我那习惯于抚摩小桥流水的眼光新奇地扫描着这片黄土地上的苍茫景象。这应该是大青山吧，这应该是土默川吧，我那想象记忆里的敕勒川就这样从"风吹草低见牛羊"里遮眼的绿色退化为苍茫的土黄。阴山下也有几个高耸的敖包，但那已不再是古阴山人识别方向或地界的标志，它是蒙古人表达对山川大地崇拜情感的依托，成为祖先神灵的象征，成为对英雄人物的纪念之物，也是生命力迸发的鲜活的明证。

远处山峦起伏，峭岩深壑纵横交错，绵亘不绝的阴山几乎不长树，稀疏的植被将大地的贫瘠暴露得一览无余，偶尔有几棵树也不敢遮掩山石的苍劲，古阴山那深褐色的躯体和赭红色的脊梁在一鞭残照里坚实地裸裎着，洋溢着阳刚之美的阴山，给我以金属般的沉重感。我仿佛听到了古斛律金人唱出的苍郁又辽远的敕勒民歌，透明清亮的呼麦，悠长舒缓的长调，那斑驳的歌声和着马头琴浑厚的旋律在阴山下奔驰。

秦时明月汉时关，古阴山一抬头，几个朝代都望不到边。夕阳决然地滑向地平线，我的脑海呈现的是冷月照边关的苍凉景象，嗒嗒的马蹄声划破了塞外无边的寂静，那嗒嗒的马蹄声中有刀剑的铿锵，多少英雄故事就在敕勒川上上演衍生，古阴山，听惯了马蹄声碎、鼓角连营，看惯了流血漂杵、生灵涂炭。

舜山戎、夏淳维、商鬼方、周猃狁、匈奴、突厥、契丹、蒙古，一个个马背上的游牧民族把"阴山"两个字塑造成了一个充满了空间感、历史感、沧桑感的情感符号，深深地镌刻在了每个对英雄充满崇敬感的人的下意识深处，在一个走近阴山的日子里雄浑地激荡着他们的心扉。

阴山，你是藩篱，你是屏障，你是民族的心灵坐标！

赵雄关、秦直道、汉古城、金堑壕，沉淀多少往事，刀光剑影，孤城冷月，胡笳短笛，离人怨妇，在火中煅烧，在风中侵蚀，在雨中沉淀。那已锈蚀的刀剑，那长满铜绿的箭镞在博物馆的玻璃罩里静默着。

元朝的马蹄踏过的草被结成了草绳，成吉思汗遗失的马鞭被挂在蒙古包招揽游客的招牌上，阴山的历史走入了无声的冷月里了，老去的阴山或许会有一股凄凉涌上心头，可谁会给他披件寒衣在肩头呢？

我，一个孤独的过客，在一个眺望你的黄昏和夜晚，触摸你久远的低吟思绪；我依稀听到，一枚马儿脖子上的铃铛，一直在战争的悲壮和文明的碰撞中清脆地回荡——